sasasa
ill.しんいし智歩
猫にされた悪女、
王太子に拾われる。
JN010320

リリルーシア・キャタウォール
キャタウォール侯爵家長女
リリル
ジェラルドの愛猫
その正体は…？
ジェラルド・ウィスカーズ
ウィスカーズ王国王太子

ナタリーサ・ポーパッズ
リリルーシアの妹
ヘンリー・グルーム
ジェラルドの側近兼護衛騎士
エリザベス・ウィスカーズ
ウィスカーズ王国王女
ジェラルドの妹

「本当に犯人は彼女なのだろうか？」

呪いで猫にされた悪女、王太子に拾われる。

sasasa
ill.しんいし智歩

Contents

sasasa presents

序章 ✦ 悪女の噂

「リリル、朝だよ」

春の木漏れ日のように優しく温かい声音。リリルーシアの朝は、この声に揺り起こされることから始まる。

「そろそろ起きてくれ、俺の天使」

ふわふわのシーツに清々しい香り。自身の体をすっぽりと包み込むような温かく狭いその場所で、ふにゃあっと伸びをしたリリルーシアは、伸ばした手の先が何かに当たったのに気付き、眠たい目をパチパチと瞬かせた。

「ふふ、リリル。擽《くすぐ》ったいよ」

手から伝わる振動と、蜂蜜みたいに甘い笑い声。覚醒しつつある視界いっぱいに映る、キラキラした笑顔。微睡《まどろ》むリリルーシアの額から頭の後ろ側までを、大きな手がくりんと撫でていく。

「ああ、俺のリリル。今日もなんて可愛いんだ。朝からお前の肉球に触れられて、幸せでどうにかなりそうだ」

「……にゃ？」

『なに？』と言ったつもりのリリルーシアの口から出たのは、寝惚けた仔猫のような鳴き声だった。

微睡みを半分残したリリルーシアは、ゆっくりと瞬《まばた》きをしながら不思議そうに目の前の顔を見上げる。

そんなリリルーシアに構うわけでもなく、目の前のキラキラした顔面の持ち主は、その頬に乗せられた猫の前足を引き寄せて、プニプニなピンク色の肉球に口付けた。

「ニャッ!?」

手のひらに伝わったリアルな感触に驚いて、すぐに手を引っ込める。

一気に目覚めたリリルーシアは、今の状況を正確に理解して身を起こした。

「シャーーッ！」

温かくていい匂いがして心地好かったその場所――王太子の腕の中――から飛び出した白猫姿のリリルーシアは、王太子のベッドの上でシーツに足を取られながら、精一杯の威嚇の声を上げる。

「ああ、残念だな。眠っている時のお前は大人しくて素直なのに。でも、威嚇した時に見えるその小さな牙も可愛くて愛おしいよ」

リリルーシアの睨みなどなんのその。目尻をこれでもかと下げた王太子ジェラルドは、気持ちのいい朝にピッタリの爽やかな笑顔を愛猫へと向けた。

「さて、世界一可愛い俺の天使。愛すべき俺のお姫様。今日も存分にお前を愛《め》でさせてくれ」

耳と尻尾を下げたリリルーシアが後退った拍子に、リリルーシアの首に着けられた首輪の鈴がチリリンと鳴る。この魔法の鈴のせいで王太子から逃げることができないリリルーシアは、心底恨めしそうに美貌の王太子を睨み上げるのだった。

◇

侯爵令嬢リリルーシア・キャタウォールは王国一の悪女である。

リリルーシアが悪女と呼ばれる所以《ゆえん》は、何と言っても彼女の傍若無人で傲慢な態度の数々と、気に入らない令嬢達への悪質な嫌がらせ、そしてリリルーシアの妹であるナタリーサへの陰湿な虐《いじ》めが挙げられた。

姉に虐《しいた》げられ育った妹ナタリーサはその昔、リリルーシアのせいで大怪我を負い、今でもその時の傷跡が額に残されているという。

貴族令嬢として顔に傷があるというのは致命的な欠点であり、妹をそんな状態に陥れただけでもリリルーシアは非難を浴びた。

しかし、リリルーシアの悪行はそれだけで終わりではなかった。

傲慢なリリルーシアは、自分のせいで傷を負った妹に向けて嫌がらせの限りを尽くして虐げたのだ。

「お姉様！　ひどいわ、どうしていつも、私ばっかり除け者にするの？」

アカデミーの食堂やら夜会の会場やらで涙ながらに姉に訴えるナタリーサの姿を、この国の殆《ほとん》どの貴族は目撃したことがある。

それを見た周囲の貴族達は、当然妹のナタリーサに同情した。

傍若無人で暴れん坊、常に傲慢な態度で何かと問題を起こすリリルーシアとは違い、ナタリーサは無邪気で奥ゆかしく清廉だった。

姉妹の父であるキャタウォール侯爵は問題児のリリルーシアに散々手を焼き、次第にナタリーサを贔屓《ひいき》するようになる。

「ソマリ家の令嬢のドレスがビリビリに破かれたらしい」

「どうせ犯人はリリルーシア・キャタウォールだろ」

「アビシニアン家の令嬢にヘビやカエルが送り付けられた！」

「また犯人はリリルーシア・キャタウォールだ！」

どこそこの令嬢が虐められたと聞けば、その犯人はいつもリリルーシア。

誰もがそう信じて疑わず、実際にリリルーシアは悪びれることもなく、自分がやったと認めるのだ。

そうしていつの間にか、姉のリリルーシアは極悪非道の悪女として人々に嫌われ、妹のナタリーサは可哀想な心優しい令嬢として人々に愛されるようになっていた。

そんなある日、キャタウォール姉妹の間にとある事件が起こる。

なんと姉のリリルーシアの婚約者、公爵家の跡取りとなることが決まっているウィリアム・ポーパッズが、リリルーシアとの婚約を破棄してナタリーサを娶《めと》ると言い出したのだ。

社交界はこのスキャンダルに大いに沸いた。

悪女の姉を捨て、傷はあっても心優しい妹を選んだウィリアム。

この美談は瞬く間に王都を駆け巡り、ウィリアムとナタリーサは人々の祝福の中で結婚した。

誰もが二人の門出を祝い、結婚式は盛大に行われた。

当然ながら、邪魔者だった悪女のリリルーシアはその場にいるだけで嘲笑され、後ろ指を差された。

傍若無人で傲慢に悪行を尽くした結果、虐げていた妹に婚約者を奪われた悪女。

噂好きの貴族達はこぞってリリルーシアを貶《けな》し、社交の場で笑い者にした。

しかし、悪女リリルーシアの蛮行はこれだけで終わりではなかった。

なんと、執念深い悪女リリルーシアは、婚約者だったウィリアムを奪って妻となった妹、ナタリーサを毒殺しようとしたのだ。

この毒殺未遂は、別の恐ろしい事件に発展してしまう。

事件の際にリリルーシアとナタリーサの姉妹が訪れていたのは、なんと王宮。それも、エリザベス王女の元だった。

三人でお茶をしていた際に、無謀にも王女の目前で妹の毒殺を決行しようとした悪女リリルーシアは、手違いで最悪の事態を引き起こした。

リリルーシアが毒を入れた茶を、誤ってエリザベス王女が口にしてしまったのだ。

毒を飲んで倒れた王女は危篤状態。ショックを受けたナタリーサは悲鳴を上げた後に気を失い、悪女リリルーシアはそのまま王宮から逃亡して姿を消した。

状況とナタリーサの証言から犯人と推測された悪女リリルーシアは、その日のうちに王女毒殺未遂の重要参考人として国中で指名手配されたのだった。

第一章 ✦ ラピスラズリの呪い

　リリルーシアが指名手配される直前のこと。

　リリルーシアは王都にあるタウンハウスの自室で、訪ねて来た妹のナタリーサと向かい合って座っていた。

「お願いよ、お姉様。いつも私の願いを叶えてくれたでしょう？　今回も私に協力して！」

　涙ながらに懇願する妹に向けて、リリルーシアは頑なに首を横に振る。

「いい加減にしなさい、ナタリーサ。あなたの考えているようなことが、あるはずないでしょう」

「いいえ！　私の考えは正しいわ！　だから私を助けて、お姉様！」

　聞き分けのない妹に、リリルーシアは頭が痛くなる。

「あなたはウィリアムが公爵になれば公爵夫人になる身なのよ。馬鹿なことを考えてはいけないわ」

　ピシャリと言い切ったリリルーシアは、噂とは違い上品な仕草でお茶を飲むと、澄んだ瑠璃色の瞳を妹へと向けた。

「それに、私はもう自分の責任を果たしたわ。私のせいで傷を負ってしまったあなたが虐げられることがないよう、お父様や周囲の同情を引くように仕向けてあげたし、嫁ぎ先だってあなたが望む通りに用意してあげたじゃない。これ以上を私に望むのは欲張り過ぎよ」

　リリルーシアは、前髪に隠れた妹の額の傷の辺りを見ながらそう言った。

　今までずっと、リリルーシアが〝悪女〟を演じてきたのは、妹であるナタリーサの為だった。自分のせいで顔に傷を残してしまった妹が、傷のことなど関係なく人々から愛され、良き家に嫁に貰われること。

　それがここまでの人生でのリリルーシアの目標であり、妹への責任の果たし方だった。

　自分が悪役になることで見事にそれらを成し遂げた今、彼女の最重要課題は妹のことではなく、自分の嫁ぎ先。

　悪評があり婚約破棄されたリリルーシアは真面《まとも》な嫁ぎ先など望めないが、いつまでもキャタウォール家の穀潰《ごくつぶ》しでいるわけにもいかない。

　さっさと嫁ぎ先を見つけて、ついでに家門同士に益をもたらすような良縁を結ぶことこそが、これまで迷惑を掛けてきた父や跡取りの弟に対する責任であると彼女は自負していた。

　適当に年老いた金持ち貴族の後妻にでも収まろうと思っていたリリルーシアは、縁談探しの真っ最中なのだ。

　嫁いだ後の妹にこれ以上手を貸す理由など、既に責任を果たしたリリルーシアにはない。

「ひどいわ、お姉様！　私がこのまま不幸になってもいいの？」

　とうとう泣き始めた妹を見て、リリルーシアは溜息を吐いた。

「あのね、ナタリーサ。あなたはもう既婚者よ。何もできない子供ではないの。これからは自分のことは自分で解決なさい。いつまでも私に頼っていては、幸せになれないわよ」

至極真っ当な姉の言葉にナタリーサが心を動かすことはなかった。無邪気と言えば聞こえはいいが、無鉄砲で我儘な気質のあるナタリーサは、自分のことを慮《おもんばか》ってくれる姉に対して、〝見捨てられた〟とお門違いな逆恨みを抱いたのだ。

「だったら……最後に、一緒に王女様のところに行ってくれない？　あとは自分で話をつけるから。それぐらいならいいでしょう？」

「ナタリーサ」

リリルーシアが首を横に振る前に、ナタリーサは自らの前髪を上げて見せた。

「これを見て！　忘れたとは言わせないわ！　お姉様のせいでできた傷よ！」

ナタリーサが見せた額には、だいぶ薄くなった古傷が、まだ残っていた。この傷にリリルーシアは抗《あらが》うことができない。

「……分かったわ。あなたの我儘に付き合うのはこれで最後、一緒に行くだけよ。どうせ門前払いされるでしょうけれど」

何年も妹の為に尽力してきたリリルーシアは、結局妹の我儘に頷《うなず》いてしまった。

後に激しくこの時のことを後悔することになるリリルーシアは、どこまでも手の掛かる妹に呆《あき》れながら優雅にカップを置いた。

姉妹が連れ立って部屋を出ると、二人の弟であるジョージがちょうど通り掛かる。

「姉上、どちらに行かれるのですか？」

不思議そうに二人の姉を見上げる弟に対して、ナタリーサはその肩を乱雑に押し退けた。

「うるさいわねぇ。アンタには関係ないでしょ」

「ちょっと、ナタリーサ」

危うく転びそうになった弟を支えてやりながら、リリルーシアは妹を窘《たしな》める。

「なによ。跡取りがそんなに偉いわけ？　お姉様はいつもジョージの味方ばっかり。弱虫で軟弱な出来損ないのくせにお父様にも贔屓されて、本当に憎たらしいったらありゃしないわ」

まだ声変わりもしていない弟に向けて、ナタリーサは舌打ちをした。

「やめなさい、ナタリーサ。ジョージがあなたに何をしたと言うの？　乱暴するのも暴言を吐くのもやめて頂戴」

グッと唇を噛んで下を向く弟を気遣いながら、リリルーシアは妹の態度に心底呆れ果てた。

幼い頃から我儘で自分が一番じゃないと気が済まないタイプだったが、大人になればそれも落ち着くと思っていた。

それが成人し、結婚しても、何一つ変わらない。それどころか傲慢さが増し、どこまでも強欲になってしまった。

どこで育て方を間違えたのかしら、とリリルーシアが嘆息すると、苛立ったナタリーサがリリルーシアの手を引っ掴んだ。

「もういいわ！　そんな出来損ないを相手にしても時間の無駄よ。早く行きましょう、お姉様」

ナタリーサに引っ張られたリリルーシアは、去り際に弟の頭を撫でてやることしかできなかった。

「ジョージ、帰ったら一緒にお茶をしましょうね」

「はい、姉上。お気をつけて」

小さく交わした弟との約束を最後に、リリルーシアはナタリーサに引かれてキャタウォール家を後にしたのだった。

◇

「単刀直入に申し上げますわ、エリザベス様。私の夫との不倫をやめてください」

直球過ぎるナタリーサの言葉に、姉リリルーシアも、王女エリザベスも、口を開けて固まってしまった。

急な謁見を申し入れたリリルーシアとナタリーサに対して、王女エリザベスは驚くほど快く二人を自慢の庭園に通した。

あまりにも無礼な訪問だったというのにお茶の席まで用意してくれた王女。

婚約破棄略奪婚騒ぎで噂のキャタウォール姉妹に興味を抱いた彼女は好奇心旺盛な性格で、ぜひ話を聞いてみたいと使用人達に無理を言いこの席を設けたのだ。

その懐《ふところ》の広さと好奇心により実現した三人でのお茶会は、冒頭から暴走するナタリーサのせいで不穏な空気に包まれる。

「コホン。……ナタリーサといったかしら、貴女。何か誤解しているのではなくて？」

まさかここまで直球で訴えるとは。

ハラハラしながら状況を見守るリリルーシアとは反対に、咳払い一つで冷静さを取り戻した王女エリザベスが、東洋風の扇子で口元を隠しながらナタリーサに苦言を呈す。

「ウィリアムと私が不倫ですって？　いったい何処からそんな出鱈目な噂を聞いたのかしら。私には全く身に覚えがないわ」

スッと目を眇《すが》めたエリザベスがそう言えば、ナタリーサは涙目で声を震わせた。

「嘘を吐かないでください。私、知ってます。ウィリアムの初恋はエリザベス様だったんでしょう？　ウィリアムは今でもあなたのことが忘れられないの。エリザベス様は何もかも持っていらっしゃるんだから私の夫を奪わないで！」

それはまるで、悲劇のヒロインになったかのような悲痛な叫びだった。

三人がお茶をする王女宮の庭園は、内密にどうしても話があるというナタリーサの希望で人払いがされている。

美しく整えられた庭園に、息苦しい沈黙が落ちた。

「エリザベス王女殿下。妹の無礼を謝罪致します」

重い沈黙を破ったのは、妹の付き添いで来たリリルーシアだった。

「貴女が、妹の代わりに謝罪を？」

眉を上げたエリザベスと目が合うと、リリルーシアは深く頭を下げた。

「はい、殿下。更なる非礼を承知で、妹への口出しを許可していただけますでしょうか」

「……ええ、許すわ」

王女の許しを受け頭を下げたリリルーシアは、顔を上げると泣きじゃくる妹に目を向ける。

「ナタリーサ。あなたは今、我が国の王女殿下にとても失礼なことを申し上げているのよ。憶測や決め付けで言っていいことではないわ。あなたの気持ちも分かるけれど、礼儀を弁《わきま》えなさい」

温かくも厳しく妹を諭《さと》すリリルーシアを見て、王女エリザベスは静かに目を瞠《みは》った。

噂では傍若無人で傲慢な姉だとされるリリルーシアは理性的で冷静。お淑《しと》やかで清廉なはずのナタリーサは王族への礼儀すらなっていない無法者。

それもとんでもない勘違いで王女に言い掛かりを付けてくるような女。

世間の噂がいかに信用ならないかを目の当たりにしたエリザベスは、改めてナタリーサに話し掛けた。

「そもそも何故、そのような誤解をしたのか理解できないわ。私とウィリアムは幼馴染だけれど、最後に二人で会ったのはずっと前の子供の頃のことよ。特にこの数年は、私が留学していたこともあって全く会っていなかったわ。顔を見たのは貴女たちの結婚式くらいなものだわ」

ほら、やっぱり。ナタリーサの被害妄想だったのね。とリリルーシアが嘆息する一方、誤解を解くよう歩み寄る姿勢を見せたエリザベスへ、ナタリーサが向けた反応は酷いものだった。

「嘘よ！　嘘、嘘！　だってあの人、結婚式であなたの顔を見てからあなたの話ばっかり！　挙げ句の果てには寝言であなたの名前を呼んだの！」

——ウィリアム。あの男。

リリルーシアは両手で顔を覆った。一時は婚約者だったこともあるリリルーシアは、ウィリアムのことをそれなりに知っている。

優柔不断で惚れっぽく飽きやすい。

ナタリーサが彼と結婚したいと言い出した時は止めたのだが、ウィリアムに惚れ込んでいたナタリーサは聞く耳を持たず。それどころか、ウィリアムに恋しているリリルーシアが嫉妬に駆られているのだと、盛大に勘違いして優越感に浸る始末。

結局はどうしてもウィリアムがいいという妹の強烈な要望により、二人の仲を取り持ったリリルーシア。

だからやめろと言ったでしょうに……と言いたいが。何もかもが今更でしかない。

それはそれとして。世間の噂と違い、思い込みが激しく癇癪《かんしゃく》持ちな妹。これまでナタリーサが起こした数々の問題を、全て自分がやったと肩代わりして来たリリルーシアだが。

有りもしない妄想を拗《こじ》らせて王女殿下に向け声を荒げる妹の、言い逃れようのない不敬罪必至な姿には目眩《めまい》がする。

「ウィリアムが私をどう思っているのかは知らないけれど、私は彼に一切そういった感情はないと断言するわ。だからあとは家に帰って本人と話しなさい」

しかし、同じようにウィリアムの気質を知っているらしいエリザベスは、呆れ果てながらナタリーサにそれだけ言うと、この話は終わりとでも言うかのようにカップを手に取った。

「あら、お茶が冷めてしまったわね」

「私がお淹《い》れしますわ」

同じように空気を変えようとしたリリルーシアが席を立とうとすると、涙声のナタリーサが姉を遮《さえぎ》った。

「いいえ、お騒がせしてしまったので、お詫びも兼ねて私がお淹れします」

やっと少しは冷静になってくれたのかと、しゃくり上げながらもそう言ったナタリーサに、リリルーシアもエリザベスもホッと息を吐いた。

「ええ、ではお願いするわ」

優しい声音のエリザベスの言葉。それは実質、王女がナタリーサの無礼を赦《ゆる》すと宣言しているようなものだった。

席を立ってティーポットの方へ移動したナタリーサを視界から外し、リリルーシアはエリザベスへ頭を下げる。

「妹の無礼をお赦しいただきありがとうございます」

「いいのよ。ちょっと驚いたけれど、なかなか刺激的な体験だったもの」

茶目っ気を見せて微笑んだエリザベスは、興味深げにリリルーシアを見た。

「ところでリリルーシア。貴女、噂とは随分違うのね」

「恐縮でございますわ、エリザベス王女殿下。妹だけでなく、私までお気に掛けてくださるなんて」

礼儀正しく受け答えするリリルーシアを見て、王女であるエリザベスは意味深に微笑んだ。

「うーん……貴女、猫はお好き？」

「……猫、ですか？」

「いえね、私の猫好きなお兄様……コホン。知り合いに、嫁探しをしている方がいるの。貴女、婚約者を妹に取られて新しい縁談を探しているのではなくて？　もし良ければ紹介しようかと思うのだけれど」

「まあ、それはとても有り難いですわ！　私、猫は嫌いではありません。是非お願い致します！」

　まさかの王女からの提案に、リリルーシアは思わず両手を叩いた。王女の紹介。これ以上の良縁があるだろうか。

　どうなることかと思ったが、妹について来て本当に良かった。

　悪女と噂される身で新しい縁談相手を探すのは骨が折れるのだ。

　想像以上に喜ぶリリルーシアに気を良くしたのか、微笑んだエリザベスが早速日取りを決めようと言ったところで、ナタリーサが新たな茶を持って来た。

「お待たせしました」

「ありがとう。さあ、温かいお茶で仕切り直しましょう」

　散々だった空気を払拭するかのように玲《れい》瓏《ろう》な声を上げた王女エリザベスが、ナタリーサの淹れた茶に口を付ける。

同じようにカップに口を付けようとしたリリルーシアは、視界の端で何かが揺れたのを見て手を止めた。

「うっ……ッ」

「エリザベス王女殿下……？」

様子のおかしいエリザベスが目に入ったリリルーシアは、カップを置いて席を立った。

次の瞬間。鮮やかな赤い血を吐いて、エリザベスがテーブルの上に倒れ込む。

「王女殿下⁉」

駆け寄ったリリルーシアが悲鳴を上げそうになったところで、彼女は口を塞がれ信じられないものを見た。

妹のナタリーサが、リリルーシアの口を押さえて笑っているのだ。

「お姉様ったら。大きい声を出さないで。今誰かに来られたら、私が捕まっちゃうでしょう？」

まさか、とリリルーシアは目を見開いた。

思い込みの醜《みにく》い嫉妬に駆られ、王女に毒を盛るなんて……。

自分の妹がとんでもないことをしでかしてしまったと理解したリリルーシアは、震えが止まらなかった。

「嘘吐きの王女。私のウィリアムに手を出すから悪いのよ。ああ、お姉様。そんなに心配しなくても大丈夫、私は捕まらないわ。いつも通りお姉様が私の代わりに罪を被ってくれるもの。そうでしょう？」

わけの分からないことを言い出したナタリーサに、リリルーシアは恐怖した。

「これを見て、お姉様」

ナタリーサが片手で取り出したのは、首から下げているチェーンの先に付いた大きなラピスラズリだった。

「今までの恩があるから殺したりはしないけど、お姉様がいると邪魔なのよね。これは動物に姿が変わる呪いよ。せいぜい頑張って逃げてね。できれば一生戻って来ないでくれると助かるわ」

ラピスラズリから発せられた黒い何かがリリルーシアに取り憑《つ》いて、リリルーシアの意識が遠のいた。

「きゃぁああ！　誰か来てぇ！　王女様が毒を盛られて倒れたわ！　犯人はリリルーシア・キャタウォールよ！」

薄れゆく意識の中でリリルーシアは、大声で泣き叫ぶ妹の声を聞き、茂みの中に投げ捨てられる感触を感じながら、ぐったりと気を失った。

「はやくぅ！　王女様が死んじゃうわ！　性悪なお姉様のせいよ！」

（違う……）

僅かながらに意識のあった王女エリザベスは、頭の中でナタリーサの悲鳴を否定した。遠くから使用人達の慌てた声が聞こえる。誰かに伝えなくては。

（リリルーシアは犯人じゃない……）

しかし、エリザベスは声を出すことも、体を起こすこともできなかった。

エリザベスは最後の力を振り絞り、かろうじて動く指を震わせながら必死に動かした。

ナタリーサはリリルーシアが犯人だと叫び続けるのに忙しく、王女の行動に気付いていない。

（ナタリーサが見ても気付かないようにしないと。お願い……お兄様）

自分のことをいつも気にかけてくれる兄ならば、きっとこの文字に気づいてくれるはず。

このままナタリーサの思い通りにはさせない。自らの吐いた血でテーブルクロスの上に一文字を書き切ったエリザベスは、次の瞬間。

ぐわんと揺らいだ視界に引き摺《ず》られ、今度こそ意識を手放したのだった。

第二章 ◆ 王太子の見つけもの

ウィスカーズ王国の王太子ジェラルドは、報告を受けて側近のヘンリーと共に急ぎ妹の宮へ向かった。

生意気なところもあるが、何だかんだ言って仲の良い妹のエリザベスが、真っ青な顔で寝台に横たわっている姿にジェラルドは想像以上のショックを受けた。

「一命を取り留めましたが、意識が戻ることは絶望的でしょう」

侍医の言葉に絶句しながら、ジェラルドは呆然と妹を見下ろす。

「エリザベス……」

「王女殿下……」

ジェラルドだけでなく、後ろに控えるヘンリーもまた、拳《こぶし》を握り締めて悲痛な目で動かぬ王女を見た。

いつも快活で明るく、好奇心旺盛でイタズラ好きなエリザベス。誰からも愛される王女。そんなエリザベスが毒を盛られ、二度と目を覚まさないだなんて。

またイタズラをしてみんなを驚かせようとしているだけならどれ程いいか。しかし、エリザベスはその白い指さえもピクリとも動かすことはなかった。

「いったい何があったのだ⁉」

遅れて来た父である国王が、動かぬ娘を見て声を荒げる。

王女宮の庭園であった一部始終と、目撃者であるナタリーサ・ポーパッズの証言から、犯人はリリルーシア・キャタウォールである可能性が高いと聞かされた国王は、声を震わせた。

「あの悪女め……！　妹と間違えてエリザベスを毒殺しようとしただと!?　直ちに悪女リリルーシア・キャタウォールを指名手配せよ！」

「ああ、あんまりだわ……エリザベス！」

泣き崩れる王妃の肩を抱きながら、悲痛な表情で娘を見下ろす国王。王太子ジェラルドは、居ても立ってても居られず妹の部屋を飛び出した。

「殿下、どちらへ……？」

速足で歩くジェラルドを心配したヘンリーが問い掛けると、ジェラルドは小声で答える。

「現場を見に行く」

「……御《ぎょ》意《い》」

ジェラルドの無念を感じ取ったヘンリーもまた表情を固くし、庭園へ向かう王太子に付き従った。

◇

セッティングされたままのテーブルが残されたその場所に着いたジェラルドは、そこに飛散する妹の血痕を見て唇を噛んだ。

散らばって割れた食器の破片が散乱する惨状を見るに、妹はこの場所で苦しい思いをしたに違いない。

「俺も調査に加わる。これまでに分かっている情報を報告するよう伝えてくれ」

ジェラルドの命令を受けたヘンリーが、調査にあたっていた騎士の一人を連れて戻って来る。

王太子に礼をした騎士は、早速報告を始めた。

「唯一の目撃者、ナタリーサ・ポーパッズ夫人の話ですと、姉であるリリルーシア・キャタウォールから急に王女との謁見について来るよう言われたそうです」

一度言葉を切った騎士は、普段は美しく整えられている王女宮の庭園を見渡した。

「姉妹を快く迎えたエリザベス王女殿下の計らいで、こちらでティータイムを取られていた際に、リリルーシア・キャタウォールの淹れた茶を飲んだ王女殿下が倒れられたと……」

ジェラルドは報告を聞きながら、妹が座っていたであろう席を見下ろしていた。

「何故リリルーシア・キャタウォールは、エリザベスの元に来たのだ？」

ジェラルドが疑問を口にすれば、騎士は困ったように口ごもった。

「……それは、理由は不明です。このテーブルをセッティングした後、王女殿下が人払いをされたようなので」

その言葉にジェラルドは鋭い目を向ける。

「不明だと？　だが、ナタリーサ・ポーパッズはその場にいて姉とエリザベスの会話を聞いていたのだろう？」

「そうですが……夫人が言うには、ショックで記憶が曖昧だと……」

顎に手を当てて考え込んだジェラルドは、次にエリザベスの侍女を連れてくるよう命じた。

「エリザベスは何故、突然の来客を受け入れたんだ？」

涙を流すエリザベスの侍女は、それでも王太子の問いに気丈に答えた。

「エリザベス様は、噂のキャタウォール姉妹が訪ねて来たことに興味を惹かれたようでした。とても楽しげにお茶のセッティングをお命じになりました」

好奇心旺盛な妹の気性をよく分かっているジェラルドは、その時の状況がありありと思い浮かんで目を閉じた。

普通の令嬢なら何事かと警戒するところを、あの妹はきっと面白がっていたのだろう。その結果、毒を飲む羽目に……。

好奇心は猫をも殺すという諺《ことわざ》があるが、妹の笑顔を思い出したジェラルドはやり切れない思いで拳を握り締めた。

「庭園に出られてすぐ、ポーパッズ夫人が人払いを願い出ると、エリザベス様はすぐに承諾され、私に指示を出されました。あの時、意地でもあの場に残っていたら……」

涙が止まらない様子の侍女のその言葉に、ジェラルドはふと違和感を覚えた。

「ちょっと待て。人払いを希望したのは、姉のリリルーシア・キャタウォールではなく、妹のナタリーサ・ポーパッズだったと？」

「は、はい……」

戸惑いながら頷いた侍女を見て、ジェラルドは眉を寄せた。

「その時の姉妹の様子は？」

「あ、姉のキャタウォール嬢は落ち着いておりましたが、妹のポーパッズ夫人は何やら思い詰めていた様子でした」

鼻をかんで涙を拭いながら証言する侍女。そんな彼女を労《いたわ》ってやりながら、ジェラルドはどうにも腑に落ちない気分だった。

「リリルーシア・キャタウォールの捜索はどうなっている？」

再び騎士に向かいジェラルドが問えば、またも歯切れの悪い回答が返ってくる。

「それが……不思議なことに、宮から出た痕跡が無いのです。にもかかわらず、どこにも姿が見えません。邪術の類を使用した可能性も含めて捜査にあたっています」

「そうか。何にせよリリルーシア・キャタウォールが事件に関係しているのは間違いない。一刻も早く見つけてくれ」

「全力を尽くします」

捜索に戻る騎士を見送ったジェラルドは、改めて散乱したテーブルの上を見渡した。綺麗に飾られた花は倒れ、色とりどりの菓子が無惨に散らかっている。

客を歓迎しようとした妹の心遣いと、それらが踏み躙《にじ》られた後のその状況にジェラルドは静かな怒りを覚えた。

「何故、エリザベスがこんな目に遭わなければならない。絶対に俺が犯人を捕まえてみせる」

ジェラルドはそう言うと、妹が突っ伏していたであろうテーブルに拳を叩きつけた。

「殿下……」

いつになく気落ちしているジェラルドを見て心配するヘンリーが声を掛けようとすると。ジェラルドが急にテーブルに顔を近づけた。

「ちょっと待て……これは何だ？　文字ではないか？」

ジェラルドが目を留めたのは、テーブルの上、テーブルクロスに染みる血痕だった。飛び散った血の中に、一つだけ不自然な形が見えたのだ。

よくよく見れば震えながらも何かを象《かたど》ったように見えるその血痕。

「確かに血で書かれた文字のようではありますが、こんな形の字はありません。何かの拍子に偶然できたのでは？」

記号のような妙な形を見下ろしたヘンリーは首を傾げたが、ジェラルドにはその形に見覚えがあった。

「……いや、違う。これは釧《セン》語だ。エリザベスが自分の意志で書いたものに間違いない」

いつだったか妹に見せられた、東洋の果てにある異国の文字を思い出したジェラルドは、確信を持って妹の血文字を見下ろした。

「……なるほど。エリザベス殿下の留学先は釧でしたね。何かの手掛かりかもしれません、直ぐに調べさせます！」

ヘンリーが人を呼んでいる間も、ジェラルドは妹が残したであろう異国の文字をジッと見つめていた。

もしエリザベスが、意識が遠のく中でこれを書いたのだとしたら。毒の苦しみに悶《もだ》えながらも誰かに何かを伝えたかったのだろう。

そして、血の残る現場に足を運び、エリザベスの残したメッセージを見つけられるような相手は、他でもない兄である自分だけだ。

妹が兄に伝えようとしてくれた何かを、絶対に解き明かす。

そう決意したジェラルドは、寝台の上で死んだように眠り続けている妹を思い出して奥歯を噛み締めた。

「エリザベス……」

妹の名前を呟《つぶや》いたその時だった。ジェラルドは、何かの気配を感じて茂みの方に目を向けた。

「今、何か動かなかったか？」

「どこです？」

ジェラルドの声に、ちょうど戻ってきたヘンリーも視線を背後へと向ける。

すると、整えられた庭園の片隅、花が咲き乱れる茂みがガサゴソと不自然に揺れ、手前に植えられたスズランを掻き分けるようにして、白い塊がヨタヨタと這《は》い出して来た。

姿を現したのは、真っ白な一匹の猫だった。

「みゃ、……みゃー……」

弱々しく鳴いた白猫は、驚いて言葉を失うジェラルドを見上げると、その場でパタリと倒れてしまった。

一瞬だけ見えた瑠璃色の瞳はとても怯《おび》えて見えた。

ヘンリーがゴクリと唾を飲む。

これはまずいことになるぞ、と察したヘンリーの予感は大いに当たっていた。

倒れた白猫の前で、王太子ジェラルドが尋常ではない様子でガタガタと震え出したのだ。

「ね、猫！　猫！　猫！　猫が……ッ！　こんなに弱って可哀想に！　た、た、大変だ、今すぐ保護しなければッ‼」

「ああ、もう！　殿下、猫好きを発揮されるのは構いませんが、今はまだ王女殿下の事件の調査中です！　落ち着いてください！」

無類の猫好きである王太子ジェラルドは、普段は冷静であるにもかかわらず、猫を前にした時だけ人格が変わる。

そんな彼が目の前で弱った猫が倒れる様を見たのだ。冷静沈着な王太子ジェラルドは、それはそれはもう我を忘れて取り乱していた。

「お、お、落ち着いてなどいられるかっ！　見ろッ、震えているじゃないか！　ピンク色の鼻先も肉球も白くなってる！　なんてことだ！　モフモフの毛並みが土で汚れて……あああぁッ！」

頭を抱えて絶叫する王太子。

「分かりましたから！　その猫は丁重に保護して殿下の自室に運びますから！　どうかいつもの殿下に戻ってください！」

先程までの、妹王女を想って哀愁を漂わせていた殿下は何処に行ったのかと。狂ったような王太子を見ながらヘンリーは頭を抱えたのだった。

第三章 ✦ ケージ越しの猫

「――というわけで、国王陛下からも正式に殿下をこの事件の捜査責任者に任命するとお達しがありました。あの文字についても、分かり次第ご報告致します」

「ああ。宜しく頼む」

「……せめてこっちに体くらい向けたらどうなんですかね」

　ヘンリーは呆れ果てていた。

　何故なら王太子の自室にはデカデカとしたケージが設置されており、そこに張り付いた王太子ジェラルドが、先程からずっとヘンリーに背を向けているからだ。

「少し待ってくれ。今、この子がこの小さな鼻で愛らしくスピスピと呼吸しているところを見てるんだ」

　ケージの中に置かれたフカフカの猫用ベッドでぐっすりと眠り続ける白猫を、瞬きもせず熱心に見つめる王太子。

「………そんなんだからいい縁談が無いんですよ」

「何か言ったか？」

「いいえ、いいえ！　何でもありません！」

　考えてみればこの王太子は事件の調査確認をしてから、もう一度王女を見舞って戻って来たところなのだ。

疲れているのだろうと、ヘンリーは思わず口から出たお小言を取り下げようとした。

「王太子が猫好きで何が悪い。俺だって猫を死ぬほど可愛がりたいし、それに甘い物も好きだ」

しかし、どうやらジェラルドの耳にはハッキリと届いてしまっていたようで、猫から目を離さずジェラルドは反論を口にする。

溜息を吐いたヘンリーは、心得たように王太子の言葉に頷いた。

「ええ、ええ。殿下は何も悪くはありません。殿下の猫好きは少々、愛が重過ぎな気はしますが、悪いことではありません。また、殿下の甘党はドン引きするレベルですが、悪いことではありません」

大袈裟に身振り手振りを使って弁解するヘンリーに、ジェラルドは大きく頷いた。

「だろう？　それを、イメージと違うだとか、私と猫のどっちが可愛いだとか。男のくせに甘い物が好きなんて変わってるとか。いちいち喚《わめ》く女の気が知れない」

これまでに縁談で仕方なく会ってきた令嬢達から言われた言葉の数々を思い出して、ジェラルドは不満気に口を尖《とが》らせた。

普段はクールで物静かな王太子が、猫や甘味を前にした途端に目を輝かせて饒舌《じょうぜつ》になるギャップは、王太子に対して完璧な王子像を抱く貴族の令嬢達に衝撃を与えた。

その衝撃と、自分を放って好きなものに夢中になる王太子に思わず否定的な言葉を吐いた途端、その令嬢はジェラルドの妃候補から外される。

それ程までにジェラルドは、自分の好きなものを否定されるのが嫌いなのだ。

そんな王太子を唯一理解してくれていた女性が、妹であるエリザベス王女だった。エリザベスは兄の意外過ぎる趣味を肯定し、猫や甘味の話を積極的に共有してくれていた。

『お兄様にはお兄様のことを理解してくださる女性を選んで欲しいわ。好きなものを好きと言えない人生なんて、とてもつまらないもの』

縁談相手を追い返した兄に、そう言って微笑んだ妹の声が今でもジェラルドの耳に残っている。

今朝もそうだった。

朝食の席で、朝から砂糖たっぷりのフレンチトーストにチョコレートをサンドして蜂蜜をかけて食べていたジェラルドを残念な目で見たエリザベスは、こう言ったのだ。

『こうなったらお兄様の妃は私が見付けてあげるわ！』

『なんだ急に』

『だって、お兄様を見ていたら、私が一肌脱いであげないとどうにもならなさそうなんですもの』

偉そうな態度の妹にジェラルドが不機嫌な顔を向ければ、それを見たエリザベスは楽しそうにクスクスと笑っていた。

『任せて頂戴。私が必ず、お兄様にピッタリの妃を見つけてあげるから！』

最後に交わした会話でさえも、そんなものだった。

スヤスヤと眠り続ける猫を見つめながらジェラルドは静かに呟く。

「エリザベスは、目覚めるのだろうか……」

◇

微睡みの中で、リリルーシアは少しずつ意識が覚醒してくるのを感じていた。ずっと深い水の底にいるようだった頭の中が次第にクリアになってくる。

すると、何やら話し声が耳に入って来た。

「エリザベス王女殿下の為にも、必ず犯人を捕まえましょう」

（王女……エリザベス王女殿下？　……王女殿下はご無事なの？）

王女が血を吐く姿を思い出し、リリルーシアは気を失う直前の記憶を思い出し始めた。

「ああ、勿論だ。ヘンリー、お前も犯人はリリルーシア・キャタウォールだと思うのか？」

先程の声とは別の声が自分の名前を口にし、リリルーシアはドキリとした。

（私？　私がなに……？）

ピクピクと耳を動かして、リリルーシアは覚醒しつつある意識を集中させる。

「状況から判断して間違いないでしょう。寧《むし》ろ、殿下は違うと思うのですか？」

鋭い声に対し、一方の声は慎重だった。

「……断定するにはあまりにも早計な気がする。彼女がわざわざエリザベスの元に来た理由が分からないし、何より証拠となるものは彼女の妹であるナタリーサ・ポーパッズ夫人の言葉だけだ」

　聞こえてきた名前に、またもリリルーシアは反応した。

（ナタリーサ！　……あの子、とんでもないことをしてくれたわ！）

「それに、侍女の話だと人払いを願い出たのは妹のナタリーサ・ポーパッズの方らしいじゃないか。その点も不自然だ」

「そう言われましても……ポーパッズ夫人は評判の良い女性ですし、片やリリルーシア・キャタウォールは誰に聞いても眉を顰《ひそ》める悪女。どう考えても王女殿下に毒を盛った犯人はリリルーシア・キャタウォールでしょう。国王陛下もそうお考えだからこそ、あの悪女を指名手配したのです」

　その言葉を聞いたリリルーシアは、むくりと顔を上げた。

（何ですって⁉　私が犯人に仕立て上げられているの⁉　それも指名手配ですって⁉）

　驚きと怒りに目を開けたリリルーシアは、その瞬間。

　ケージ越しに目を血走らせてこちらを凝視していた青年と目が合い、悲鳴を上げた。

「ニャーーッ」

　しかし、リリルーシアの口から飛び出したのは、猫のような鳴き声だった。

「ああ、起きたのか！　驚く姿も可愛いな！」

　満面の笑みの青年がケージに張り付く勢いで嬉しそうに声を上げたが、リリルーシアはそれどころではなかった。

立っているはずなのに、リリルーシアは四本足を地に着けている。

視界が異様に低く、耳に飛び込んでくる音の何もかもが大きい。色んな匂いが鼻をつき、代わりに少しだけ視力が落ちた気がする。

（これは、何……？　どうなっているの？）

自分の体を見下ろすと、白いモフモフが視界いっぱいに広がる。

「そりゃあ、あんな至近距離で見つめていたらこの猫もビックリするでしょうね」

（猫？　猫ですって……？）

驚くリリルーシアに対して、至近距離にいた黒髪の美青年が頭を抱えて叫ぶ。

「くっ……うぅ……つらい。本当につらい。こんなに可愛い子が目の前にいるのに触れないだなんて！　こんなの拷問だ！」

「駄目ですよー。人に慣れていない可能性がありますからね、慣れるまで適切な距離を保ってくださいね。引き離されたくなかったらちゃんと約束は守ってくださいね」

「ああ、こんなに可愛い猫が俺の部屋にいるというのに！　撫で回したい。思い切り愛でたい。あのモフモフに顔を埋めてあっちもこっちも吸いたい」

「殿下、聞いてますかー？」

「つらい。つらすぎる……」

「殿下ー？」

「この苦痛をどこにぶつけてくれよう……」

ふー、ふー、と荒い息を吐く青年にドン引きするリリルーシアは、毛を逆立ててケージの隅に後退った。

「ああ、どうかそんなに怯えないでくれ、俺の天使……」

残念な美青年は、リリルーシアを見つめながら悲痛に嘆く。

「オホン。ジェラルド王太子殿下！　そろそろ真面目な話をしましょう。猫ちゃんにも環境に慣れる時間が必要なはずです」

（何がどうなっているの……待って、ジェラルド王太子殿下ですって⁉　じゃあここは、王宮？　私は、まさか捕まったの……？）

わけが分からず混乱するリリルーシアは、後退った拍子に何かを踏んだ。

白くて長くてフサフサのそれは、どう見ても尻尾だった。

「ニャッ⁉」

（痛いっ⁉）

踏んだ尻尾が痛い。つまり、この尻尾はリリルーシアの体の一部。先程から自分を〝猫〟と言う目の前の青年二人。

リリルーシアの脳裏に浮かんだのは、妹の言葉と例のラピスラズリだった。

『これは動物に姿が変わる呪いよ』

ナタリーサは、あのラピスラズリには動物に変わる呪いが掛けられていると言っていなかったか。まさか、自分は本当に動物に……それも、猫になってしまったのか。

「ああ！　ほら、見てくれ、あの可愛い顔！　自分の尻尾を踏んで戸惑っているのか？　罪深すぎる可愛さだ！」

「殿下ー、正気に戻ってくださいね」

「首を傾げて……目をパチパチさせて、なんて愛らしいんだ！　うわっ、に、に、肉球！」

「殿下、本当にいい加減にしてください」

ピンク色の愛らしい肉球を見下ろして絶望するリリルーシアを他所に、猫の仕草にいちいち反応するジェラルドと、それに呆れて注意するヘンリーのすれ違い口論が暫く続いた。

◇

「ひとまず今日は、猫ちゃんをケージから出してはいけません。触ってもいけません。猫ちゃんもショックを受けてるでしょうから、環境に慣らしてあげませんと」

「そうだな。野良猫を飼うときの鉄則だな。ヘンリー、やはりお前は頼りになる。他に必要なものやらの用意も頼んでもいいか？」

「そうですね。昔から妄想を滾《たぎ》らせていた殿下のお陰で、猫を飼う知識だけはありますからね」

幼い頃からジェラルドの猫話に付き合わされてきたヘンリーは、側近としていつか来たるジェラルドの愛猫のために、猫飼いのための様々なハウツー本を読み、知識を蓄えていた。

まさに従者の鑑《かがみ》である。

◇

ヘンリーが帰った後、二人（一人と一匹）になった室内では、警戒するリリルーシアに向けてジェラルドが静かに声を掛けていた。

「あー、可愛い。こんなに可愛くて愛らしくてモフモフで愛おしいものがこの世に存在していてもいいのだろうか」

「……」

リリルーシアを見下ろす王太子は、怒ればいいのか泣けばいいのか照れればいいのか、何とも言えない独り言を呟いているので、色々な意味でリリルーシアの警戒は増すばかり。

しかし、ふと目を伏せたジェラルドは、急にその表情を暗くしてリリルーシアへと声を掛けた。

「すまない、急にこんなところに連れて来られて驚いただろう？　お前にとってはいい迷惑かもしれないが、今日は色々あって心が沈んでいたから、俺はお前に出会えて少しだけ救われたんだ」

「……」

（それはまさか……エリザベス王女殿下のこと？）

ピクリと反応したリリルーシアは、少しだけ警戒を緩め王太子を見上げた。

目が合ったジェラルドは、嬉しさを抑え切れないものの、天使のように可愛らしい猫を驚かせないようにそっと話し掛けた。

「実は……俺の妹が毒に倒れ、もう二度と目を覚まさないかもしれないんだ」

王女が目を覚まさないかもしれないと聞いて、リリルーシアは、猫のままハッと息を呑む。

目の前の王太子の妹、エリザベス王女に毒を盛ったのは、リリルーシアの妹であるナタリーサなのだ。

そしてリリルーシア自身も妹に裏切られてこんな姿になった挙句、ありもしない罪で指名手配までされている。

リリルーシアは王太子にほんの少しの親近感と共感、そして大きな罪悪感を抱いた。グッと伏せて警戒するように身を固くしていたリリルーシアは、体の力を抜いてみた。

慣れない猫の体は力を抜いてみると、白い毛並みが滑らかに揺れて肉球のついた前足がいい感じに体の下に収まった。それだけで随分と体が楽になる。

「うっ、その格好も可愛いな……！」

リリルーシアが緊張を解いたと悟ったジェラルドは、顔を近付けて何やら叫んだあと、暫くすると懇願するような瞳を小さな白猫に向けた。

「実はまだ、倒れた妹のことを想うと心が痛くてどうしようもないんだ。つい今朝まで笑い合っていた妹が、もう二度と目を覚まさないかもしれないなんて。……できることなら……もっと近くに来て慰めてくれないか。なんて、身勝手で馬鹿げたことを言っているな、俺は」

寂しげに笑うジェラルドを見ていられず、リリルーシアは咄嗟に立ち上がる。

「にゃー」

まだまだ慣れない四肢を動かしたリリルーシアは、ケージ越しに王太子の前に腰を下ろした。

「お前……」

お利口におすわりしてキラキラした瑠璃色の瞳を王太子に向ける愛すべき白猫の姿に感激し、口を押さえて声を詰まらせるジェラルド。

王太子が猫好きとは知らなかったが、猫になった自分が近付くことで少しでも慰めになるならと。自分の妹のせいで彼の妹は酷い目に遭わされたのだ。リリルーシアは少しでも何かをしたくてケージ越しに寄り添った。

横向きにケージのギリギリまできて寝転んだリリルーシア。ケージの間から、リリルーシアの温かくてモフモフで真っ白な毛がムニュっとはみ出す。

「ああ！　このムチッと感！　モフモフ具合！　こんなに可愛い子が他にいるだろうか、いや、いるわけがない！　うちの子が世界一に決まっている！」

途端に元気が戻ったかのように、相変わらずの熱量で叫ぶ王太子。リリルーシアは早速、近くに寄ったことを後悔し始めていた。

「はあ……ハハッ」

顔を覆ってブルブルと身悶えていたジェラルドは、吹っ切れたように笑うとケージの横の床にゴロンと寝転がった。

ケージ越しに、王太子の顔がリリルーシアの目の前に来る。

「ありがとう、お前は優しいな」

横を向いたジェラルドの瞳から、ポロリと零れた涙が重力に従って横に流れ落ちていく。

「お前のことは、俺が一生守る。必ず幸せにする。だからどうか、お前だけはどこにも行かないでくれ。そして、ずっと俺と一緒にいてくれ」

「……」

見てはいけないものを見てしまった気がしたリリルーシアは、そのままケージ越しに触れそうな距離で、まるで猫のように、猫らしく体を丸めてみたのだった。

第四章 ◆ 魔法の鈴

翌日、リリルーシアは、改めてこの状況を悲観していた。

「はあ……リリル。俺の天使、お前が天使じゃなかったら、何が天使だと言うのだろうか。世界一愛らしい。可愛い。お前より愛おしいものがこの世にあるだろうか。いや、あるはずなどない」

「…………」

毎時間、毎分、毎秒。リリルーシアは目が覚めてから、信じられないほど歯が浮くような言葉を投げかけられ続けているのだ。

気が滅入るどころの騒ぎではない。頭がおかしくなりそうだ。下手をすれば羞恥で死んでしまうかもしれない。

そもそも王太子から『リリル』と呼び掛けられた時は本当に心臓が止まりかけた。

まさか自分の正体に気付いていて、犯人確保のためにこんな手の込んだことをしているのかと思ったからだ。

しかし、どうやらそうではないらしい。

先程からリリルーシアに甘い言葉を投げかけ続けている王太子ジェラルドの瞳は、妹を毒殺した犯人に向けるソレとは明らかに違うからだ。

まるで……心から愛する恋人に向けるような、甘くてキラキラとした優しい眼差し。

そんなものを見せつけられながら、蜂蜜よりも甘ったるい言葉で猫姿のリリルーシアを絶賛するこの残念な姿が、演技なはずがない。

（紛らわしい名前を付けないでよ……）

リリルーシアをよく見るため、王族の誇りなど捨て去って地べたに横たわり、ニコニコと微笑む王太子。

その熱い熱い視線。リリルーシアが背を向けて丸まるのも当然のことだ。

その熱心な視線といったら、リリルーシアの白くて丸い猫背に穴が開きそうなほど。

少し気を許して近付いたのが間違いだった。我が国の王太子殿下は聡明で冷静沈着な美貌の王太子……という噂はなんだったのだろうか。

一晩で自分の置かれた状況をある程度理解したリリルーシアは、改めて自分の立場を思い返した。

妹のせいで猫になったリリルーシアは、どうやらこの王太子に保護されたらしい。

しかしそのせいで、人間のリリルーシアは事件の重要参考人でありながら失踪したとされ、ナタリーサの証言により犯人扱いされてしまっている。

指名手配までされたリリルーシアは、今更姿を現し身の潔白を訴えたところで、誰にも信じてもらえず処刑されるだろう。

しかしこの呪いがいつまで続くのか、リリルーシアには分からない。妙なタイミングで元の姿に戻ったりしたら……。

「今度は考え事でもしてるのか？　耳をピクピク動かして、尻尾をパタパタ。耳の先から尻尾の先まで最高に可愛すぎる」

　考えをまとめる間にも、リリルーシアを見つめ続けるジェラルドの口から吐き出される甘ったるい賛辞は止まることを知らなかった。

　目の前にいるのは猫好きを通り越した猫狂いの青年ではないか。

　リリルーシアは瑠璃色の目を眇めてジェラルドを睨む。

「ああっ！　なんだその愛くるしい表情は、俺を殺す気なのか⁉」

　途端に撃ち抜かれたように身悶える王太子。

（その溺《おぼ》れるほどの狂愛に殺されそうなのはこっちだわ！）

　リリルーシアが息をするだけで感動しているジェラルドを見て、彼女は肉球で目と耳を塞ぎたくなった。

◇

「まさか、王太子ともあろうお方が床で寝たんですか？」

　ノックの後、呆れたように入って来たヘンリーは、地べたに座る王太子を見て深い溜息を吐いた。

「ヘンリー！　ずっと様子を見ていたが、この子は人慣れしているようだ。そろそろケージから出してみてもいいだろうか？」

　待ってましたとばかりに期待いっぱいの顔を側近に向けたジェラルドは、まるで犬のようだった。

　ヘンリーの許しを待つ姿は、最早どちらが主人なのか分かったものではない。

　呆れつつもリリルーシアの様子を観察したヘンリーは、持っていた書類を置いてケージの前にやって来た。

　王太子よりも余程まともそうな青年に、リリルーシアは縋《すが》るような目を向ける。

「本当はもう少し様子を見たいところですが……確かに怯えている様子もありません。殿下も一晩ちゃんと我慢されたようですし、試しにケージを開けてみるのもいいかもしれませんね」

「それじゃあ……！」

「いいですか、殿下。くれぐれも興奮しすぎて強引なことをしないでください」

　どう見ても興奮を抑え切れていない王太子に釘を刺し、ヘンリーがケージの入口に手を伸ばした。

　ゆっくりと動くヘンリーの手が、ケージの扉に掛けられる。

（今がチャンスよ……！）

　ケージの扉が開けられた瞬間、リリルーシアは脱兎の如く疾走した。

　このまま王太子の部屋にいるわけにはいかない。

　万が一この場で元の姿に戻ったら、その瞬間に捕らえられ下手をすれば王女毒殺未遂犯として処刑されてしまう。

　そうでなくてもこの姿のままならそれはそれで、王太子の激重愛に押し潰されて窒息死する気がしてならない。

　どちらにしろ、ここから逃げなければ。

「リリル！」

「⁉」

「ヘンリー、捕まえるのはいいだろう⁉」

「致し方ありませんっ」

　しかし、リリルーシアの全力疾走は意味を成さなかった。

　少しだけ開いた扉の隙間に飛び込もうとしたところで、首に着けられていた鈴がチリリンと鳴り、それを合図にしたかのようにリリルーシアの体はふわふわと宙に浮いたのだ。

（何よこれ……⁉）

「にゃにゃっ！」

　走っても走っても前に進まず、リリルーシアは忌々しげに四肢をバタつかせた。

「脱走防止の鈴を着けておいて良かった」

　ふうっと息を吐いた王太子ジェラルドが、リリルーシアの首に着いた鈴を弾《はじ》き、宙に浮いたままのリリルーシアをそっと抱き締める。

（脱走防止の鈴ですって⁉　そんなの聞いてないわ！）

ジタバタと動くリリルーシアが心の中で悪態を吐きながら逃げようとするが、王太子の腕の中からは逃げられなかった。

「ああ！　やっと触れた！　俺のリリル、なんてモフモフなんだ！」

興奮したジェラルドが、苦しくはない程度の力加減で更にリリルーシアを抱き締めた。

「うにゃ⁉」

慌てたリリルーシアはジェラルドの腕から逃げたいが、ふと下を見るとそれなりの高さがある。

浮力を失った体で地面に落ちるのに恐怖を感じた。

結果として、爪を立ててジェラルドに縋り付く形になってしまう。

「うわぁ、いちいち可愛いことをしないでくれ。リリル、お前のことは俺が一生幸せにしてやるからな」

一瞬天を仰いだジェラルドは、真剣な顔でリリルーシアにそう告げる。

下手に動きようがなく、どうしようもないリリルーシアは、そんなジェラルドの腕の中に収まった。

意外なほどに居心地は悪くない。しかし、感動して涙目のジェラルドが残念すぎて、いっそ憐れな気持ちになってきた。

（そうよ……下手に逃げるより、ここにいて情報を得る方が有意義じゃない。どっちみち、この鈴が着いてたら逃げられないみたいだもの）

　諦めの境地で作戦を変更したリリルーシアは、顔を近付けてスリスリしようとするジェラルドを肉球で遠ざけながら今後のことを考える。

（昨日の様子から、王太子は王女の事件を捜査しているはず。何とか誘導して私の冤罪を晴らし、事件の真相を突き止めさせる方法はないかしら）

　リリルーシアが考えを巡らせている間にも、ジェラルドの口からは可愛い愛らしい愛おしいと、呪文のように途切れぬ愛の言葉が飛び出してくる。

（……どうせお世話になるのなら、ちょっとだけでも愛想を振り撒いた方がいいわよね）

　どう見ても（猫である）自分に気がある王太子に、リリルーシアは悪女らしく媚《こび》を売ることにした。

　猫になりきることにしたリリルーシアは、突っぱねていた肉球を下ろし、至近距離の王太子の鼻先をペロリと舐めてみる。

「ッ!?　リリル、すまない！　我慢できない！」

　その瞬間、リリルーシアは声にならない悲鳴を上げた。

「にゃーーーーーっ（いやーーーーーーっ）！」

（レディのお腹の肉を撫で回した挙句、顔を埋めて吸うだなんて！）

　前足でパンチを繰り出したリリルーシアは、その勢いで王太子の腕の中から抜け出し見事地面に着地する。

「うわ！　リリル、完璧な猫パンチだ！　凄いぞ、ちゃんと爪を立てたんだな。俺の手の甲に可愛い引っ掻き傷が三本もできている。一直線で細くて繊細で、なんて芸術的な傷なんだ。一生このまま消えなければいいのに」

怖い。流石《さすが》に怖い。リリルーシアは、うっとりと猫の爪痕に見惚れる王太子を見て身を引いた。

「なんだ、リリル。俺に怪我をさせてしまったこと、気にしているのか？　大丈夫だ、お前に付けられる傷ならどんなものでも愛しいから」

とてもとても爽やかな笑顔が、余計に怖い。

（この人、いったい何を言っているの……？）

リリルーシアは、二歩ほど近付けたつもりでいた王太子との心の距離を、三歩ほど下げることにした。

いくらなんでも、こんな猫狂い相手に猫として媚を売るのは危険すぎる。下手をすれば溺愛過多による窒息死をしかねない。

「シャーッ」

尻尾を体の下に丸め込ませたリリルーシアは、両耳まで下げてジェラルドを威嚇したのだった。

◇

「こうなるのが分かっているから、国王陛下は殿下が猫を飼われるのを許可しなかったんですよ。そんなに愛が重くてどうするんですか」

念願の愛猫に浮かれまくり、盛大な威嚇を喰らった王太子に向けて、ヘンリーは残念な目を向けていた。尻尾を丸めて牙を見せていた白猫はこの三十分ほどで落ち着きを取り戻したのか、ジェラルドを警戒しながらも、大人しく執務室のイスの上に座っている。

「失敬な。今回は間違いなく父上の許可をいただいたぞ」

「それは……エリザベス様があのような状態になり、気落ちされている殿下をお慰めするためです」

ヘンリーのその言葉に、ジェラルドは白猫のお陰で少しだけ忘れられていたつらい現実を思い出して下を向く。

しかし、直ぐに気を取り直して愛らしい白猫を見つめた。

「それでも許可は許可だ。この子は他の誰でもない俺だけのものだ」

真剣な眼差しの王太子に対し、側近であるヘンリーは容赦がなかった。

「いえ、人慣れしてますし、迷い猫の可能性もあります。その場合、万が一飼い主が現れたら、お返ししなくてはなりません」

ピシャリと言い放たれたジェラルドは、泣きそうな顔で首を横に振る。

「嫌だ。絶対に嫌だ。リリルは俺のものだ。誰にも渡さない」

バッとリリルーシアを見たジェラルドは、物凄い速さで彼女に手を伸ばした。

「ニャッ⁉　（何するの⁉）」

避け切れず体を掴まれたリリルーシアは、憐れにも王太子に抱き上げられていた。

ぎゅうぎゅうに抱き着いてくる王太子を肉球で押し返しながら、精一杯モフモフの前足を伸ばして距離を取る。

「ああ、リリル。そんなに嫌か？　嫌がっているところまでどうしてこんなに愛らしいんだ。できることなら一生この腕に抱いていたいのだが、お前がそんなに嫌なら仕方ない」

愛猫に嫌がられたことまで嬉しそうなジェラルドは、優しい手つきでリリルーシアをフカフカのクッションに下ろした。

尻尾をパタつかせて苛立ちながらも、リリルーシアは寝心地の良さそうなクッションの上でクルクルと回ると、その上に大人しく丸まった。

「うっ！　またなんて可愛い仕草をするんだ。リリルを見ていると心が浄化される。全人類リリルを崇《あが》めるべきだ。お前もそう思わないか、ヘンリー」

一連の王太子の残念ぶりを眺めていたヘンリーは、深く重い溜息を吐いた。

「はあ。動物を飼うと婚期を逃すと言うじゃありませんか。ただでさえ殿下は縁談を片っ端から破り捨てていらっしゃるというのに。それなのに猫に名前まで付けて……」

ヘンリーの嘆きは、ジェラルドには通用しなかった。

「可愛い名前だろう？　リリーベル（スズラン）の間から現れたからリリルだ。瑠璃色の瞳にもよく合っている。我ながらいい名前だと思う。うん、可愛い。名前まで可愛いだなんて、うちの子は天才か」

「殿下……」

　また迷走し出した王太子の独り言を聞いていたヘンリーは、頭を抱えた。

「こんなに可愛い子を前に、やはり我慢などできない。リリル。嫌になったら止めるから、少しだけ撫でさせてくれ」

　ぬっと伸びたジェラルドの手が、リリルーシアの顎を撫でる。

「……にゃ、」

　撫でようとするジェラルドを警戒していたリリルーシアだったが、その手が触れた途端、あまりの気持ち良さに思わず鳴き声が出た。

　それに気を良くしたのか、ジェラルドの手は更に大胆になっていく。

　顎下を擽《くすぐ》り、眉間を撫で、耳の後ろをくりくりと。

「ここか？　ここがいいのか？」

「……うにゃ、……にゃっ」

　リリルーシアが反応した場所を執拗に撫で、首の後ろから背中を一気に撫でていった手が、尻尾の付け根をグリグリと掴む。

「ふにゃ!?」

　ビクン、と反応したリリルーシアを見て、ジェラルドの口角が上がる。

「そうか。ここが好きなのか」

「にゃうぅ……」

（な、なんなのこれ！　こんなの初めてぇ……）

ジェラルドの手付きにすっかり骨抜きになったリリルーシアは、尻尾をピンと上げた。

その時、リリルーシアは妙な音が聞こえることに気付く。

ゴロゴロ、ブゥブゥ、と。まるでイビキのような。ジェラルドの手に翻弄されながらも、その音がどこから聞こえてくるのか気になり、耳をピクピクさせたリリルーシアは、ハッと気付いた。

（これ、私から聞こえてるわ……！）

「ああ！　とうとうリリルが喉まで鳴らして喜んでる！　そんなに気持ち良いのか、リリル！」

自分が本当の猫のようにゴロゴロと喉を鳴らしていることに気付いたリリルーシアは、驚いてそれを止めようとした。

しかし、ジェラルドの手付きがあまりに心地良くて、自分ではゴロゴロを制御できない。

結局、ずっとゴロゴロするしかないリリルーシアに、ジェラルドはご満悦だった。

「ぐふふ、可愛すぎる。愛らしさの暴力だ。こんなに可愛くて大丈夫なんだろうか。天使か？やはり天使なのか？」

ブツブツと呟き続けるジェラルドにヘンリーは、それはそれは残念な目を向けた。

「殿下、お願いですから外では正気に戻ってくださいね。そんな変態じみた言動ばかりされていては、殿下の評判がガタ落ちです。それに、自分で言っていて恥ずかしいとは思いませんか？」

ヘンリーの言葉に、心の中で頷くリリルーシア。

（本当にそうよ。ヘンリーの言う通りだわ。こんなところ、他人に見せてはダメよ。かっこいい王太子のイメージが台無しだわ。この人には立派な国王になってもらわなきゃ。だからこのこと

は内緒にしてあげるわね）

　ジェラルドの容赦ない撫で回し攻撃を受けながら――これがなかなか気持ち良くて抵抗できない――リリルーシアは、喉を鳴らしながら身内のようなことを思ったのだった。

「さて、現実逃避はこのくらいにして、報告を差し上げてもよろしいですか？」

「……ああ」

　咳払いをしたヘンリーの声で、空気がピリリと緊張した。

　撫で撫で攻撃にクッタリとしたリリルーシアを解放して真面目な顔を取り戻したジェラルドが頷き、二人は向かい合って椅子に腰掛ける。

「調査の結果、王女殿下が残されたと見られるあの文字は、釧語の『不』、否定を表す言葉だそうです」

「否定……？　ではエリザベスは、何かを否定するために薄れゆく意識の中あの文字を残したのか？」

　真面目な話を始めた二人の間で、リリルーシアは王太子の膝の上に乗せられていた。

（やっと解放されたと思ったのに……でも、事件の話が聞けるのは有り難いわ）

　リリルーシアをここに乗せたのはジェラルドであり、落ちないように押さえられてはいるが、逃げられない程の拘束ではない。

しかしリリルーシアは事件に関わる情報を得る為に、恥を偲んで王太子の膝の上に居座った。

「そのようです。王女殿下が残した事件の手掛かりが、否定の一字とは……困りましたね」

ジェラルドは、考え込むように顎に手を当てると、鋭い目をヘンリーに向けた。

「ヘンリー。やはり、俺はどうもこの事件、何かがおかしい気がするんだが」

「と、言いますと？」

「……どう考えても、リリルーシア・キャタウォールがわざわざエリザベスの前で妹を毒殺しようとした理由が分からない。本当に犯人は彼女なのだろうか？」

（その通りよ、王太子殿下！　私には王女殿下に会いに来る動機がないの！）

ジェラルドの膝の上で、リリルーシアは耳をピンと立てる。

「彼女が犯人だという根拠は、彼女の妹ナタリーサ・ポーパッズの証言のみ。その証言も俺からすれば信憑性に欠けるものだ。ショックのために記憶が曖昧だと言っておきながら、あまりにもエリザベスが毒を飲んだあたりの供述が詳細過ぎる」

事件の調書を手に取ったジェラルドは、リリルーシアの淹れた茶でエリザベスが倒れる様を事細かに描写した、ナタリーサの証言に疑問を持っていた。

そこにはリリルーシアが積極的に茶を淹れると言い出した時のセリフや表情から、エリザベスが毒を飲んで倒れる時の苦しみ方や血を吐く場面が事細かに書かれている。

リリルーシアが倒れるエリザベスを罵倒したことや、ナタリーサに向けても毒を飲ませようとしたなんてことまで。

にもかかわらず、リリルーシアが逃げて行った辺りの描写だけはショックで覚えていないと書かれていた。

「ナタリーサ・ポーパッズ夫人は未来の公爵夫人であり、社交界の人気者ですからね。誰もが彼女の言葉を信じるでしょう。しかし……、確かに王女殿下の残されたこの〝否定〟を表す文字は気になります。王女殿下は聡明なお方ですから、何かを伝えるために懸命に動かれたはず。王女殿下の残されたものを踏み躙るわけにはいきません。一度固定概念を取り払って捜査にあたる必要がありそうです」

エリザベスの想いを無駄にはしたくないと、ヘンリーは膝の上の拳を握った。

「ヘンリー、お前……」

幼い頃からジェラルドに仕えてきたヘンリーは、ジェラルドの妹であるエリザベスとも昔からよく顔を合わせていた。

そしてエリザベスが留学から戻ってくると決まった際、どこか落ち着きのなかったヘンリーの姿も、ジェラルドはよく覚えている。

一方のエリザベスも、幼い頃のトラウマから男性不信のきらいがあるにもかかわらず、兄であるジェラルドとその側近のヘンリーにだけは心を許してくれていた。

二人が互いに憎からず思っていることをなんとなく察していたジェラルドは、自分と同じ熱量でこの事件の捜査に当たってくれる側近をとても頼もしく思った。

「直接ナタリーサ・ポーパッズに会って話を聞くことはできるか？」

ジェラルドの声に、ヘンリーは即座に反応する。

「はい。直ぐに手配致します」

二人の会話を聞いていたリリルーシアは、それまでとは違う真剣な王太子の横顔に感動していた。

（決め付けや憶測で犯人にされたらどうしようと思っていたけれど、ちゃんと真相を追求してくれる人がいるのね！　流石は王太子殿下だわ。ちょっと猫が好き過ぎて残念なところがあるけれど、もしかしたら彼のお陰で私の冤罪が晴れるかもしれない……！）

ジェラルドの膝の上に座ったまま、リリルーシアは彼を見直し、キラキラした瑠璃色の瞳を向けた。

「ん？　どうしたリリル、そんなに可愛い顔をして……」

それに気付いたジェラルドが、途端に端正な顔をゆるゆるに緩めて目尻を下げる。

再び残念な顔になったジェラルドに、リリルーシアは呆れつつも大人しく撫でられてあげたのだった。

「それにしても殿下、今はエリザベス王女殿下の件で有耶無耶になってますが、殿下の急務は妃候補を一刻も早く見つけられることですよ」

ヘンリーのお小言を聞いたジェラルドは、とても嫌そうな顔をした。

「はあ……。人間の女は面倒臭い。俺はリリルと結婚したい」

「……また馬鹿げたことを……」

溜息を吐いたヘンリーを無視して、ジェラルドはリリルーシアを抱き寄せる。

「俺は本気だ。リリル。お前が人間だったらいいのにな」

静かに瞬きをしながら自分を見つめる王太子を見て、リリルーシアはパチパチと目を瞬かせた。

（私が人間で、それも彼の妹を毒殺しようとしたかもしれない悪女だと知ったら……この人はどう思うのかしら）

何故だかリリルーシアは、チクリと胸が痛んだ気がした。

猫好きが故に、その行き過ぎた愛を炸裂させてしまうため、父である国王から猫を飼うことを禁じられてきた王太子ジェラルド。そんな王太子は、初めて飼うことを許された念願の愛猫を、それはそれはもう溺愛した。

拾われてから一週間も経つというのに、相変わらず愛猫への賛辞が止まらない王太子。そんな彼に、リリルーシアは呆れながらも付き合ってあげていた。

「リリル。俺の天使。今日も可愛いな。ほら、挨拶をしよう」

「にゃ」

（仕方ないわね）

ちょんと鼻先に指を近付ければ、嫌そうにしつつもツンと鼻を寄せてくれるジェラルドの猫。猫の挨拶は鼻同士を近づけることだと知ってから、ジェラルドは隙があればリリルーシアの鼻先に指を近づけていた。

「なんだ、ここが気持ち良いのか？」

相変わらずの撫で撫で攻撃には、毎回敗北するリリルーシア。

「うにゃ、にゃー……」

（うう、そこは反則よ……）

顎から始まり全身をくまなく撫で回され、くったりと寝転がるまで撫で続けられても、リリルーシアはジェラルドに腹を見せるのだけはなんとか阻止した。

どんなに気持ち良くて、ぐてんと横になってしまいたいと猫の本能が告げても、それだけは淑女としてのプライドが許さないのだ。

（これが最後の砦《とりで》よ！　いくら撫でるのが上手いからって、この先は流石に許さないんだから！）

しかし、日に日にテクニックを磨いていくジェラルドに、リリルーシアはいつか屈服してあられもない姿を晒《さら》してしまうのでは、と内心嫌な予感がしていた。

「ブラッシングも気持ち良いだろう？　リリルの毛は本当にフワフワモフモフだな。抜けた毛は大事に保管しておかなければ」

「ニャニャッ！」

（やめて！　恥ずかしいから抜け毛を保管しないで！　あと、何でもかんでも褒めないで！）

「はーー！　この肉球。肉球こそ正義だ。無限にぷにぷにできる！」

「ニャー！」

（あーもー！　擽ったいわ。いい加減にして！）

ブラッシングをすれば気持ち良さそうに目を閉じ、ピンク色の肉球をぷにぷにすれば、擽ったそうに引っ込める。

「やることなすこと余すことなく全てが最上級に可愛い。どうしてお前はこんなにも愛らしいんだ、リリル」

　真面目な顔で聞かれたリリルーシアは、呆れ果てて心底残念な目をジェラルドに向けた。

「その蔑《さげす》むような目でさえ、宝石みたいに美しいなんて。こんなに可愛らしい存在が他にあるだろうか。お前が人間だったら真っ先に結婚を申し込むのに。どうしてお前は人間じゃないんだ」

　呆れを通り越して、リリルーシアは王太子ジェラルドのことが心配になってくる。

（この人、猫相手に何を言っているの？　本当に大丈夫なのかしら……）


　リリルーシアの猫としての生活はそんなふうにして、王太子の愛が激甘激重であること以外は至れり尽くせりだった。

　リリルーシアのために特別に用意されたキャットフードは、王室のシェフが手作りし、人間でも食べられる超豪華仕様。

　当初キャットフードを出されることにショックを受けていたリリルーシアも、そのあまりの美味しさに思わず目を見開いたほどだ。

「ほら、リリル。たくさん食べないと健康に悪いぞ。お前には長生きしてもらわなきゃならないからな。いくらでも食べてくれ」

　ごはんの度にそう言ってリリルーシアを促すジェラルド。

　そんなジェラルドに対して、リリルーシアは胡乱《うろん》な目を向け続けた。

　何故ならば、そんなことを言うジェラルドこそ、食生活にもっと気を遣わねばならないと思っていたからだ。

「殿下、お食事をお持ちしました」

多忙なジェラルドのためにヘンリーが自室に持ってきたのは、ホールケーキだった。

「ああ、ありがとう、ヘンリー。あとでリリルを見ながら食べるから置いておいてくれ」

「はい。飲み物はココアで良かったですか？」

「そうだな。砂糖はいつも通りでいい」

ジェラルドに指示されたヘンリーは、角砂糖をボトボトボトボトと、甘い匂いを漂わせるココアの中に落としてかき混ぜる。

（……私の健康よりも、自分の健康に気を遣いなさいよ）

「では、私は一旦下がります。殿下、一応野菜スープも用意しておきましたので、こっちも食べてくださいね」

最後に念を押したヘンリーが部屋を出ていくと、ジェラルドは早速スープの皿を手に取り、テーブルの隅へ避けた。

そして大きなフォークでホールケーキを頬張り始める。

それを見ていたリリルーシアは、ただただドン引きしていた。

一緒に暮らすようになって、王太子の食事風景を見続けてきたリリルーシアは、ジェラルドが常軌を逸した甘党であることを十分すぎるほど理解していた。

それでもやはり、毎度のこととなるとその都度心配になってしまう。

（こんな食生活で体は大丈夫なわけ？）

リリルーシアの心配を他所に、ジェラルドは砂糖過多のココア片手にホールケーキを平らげてしまった。

見ているだけで胸焼けしそうなリリルーシアが、口の端にキャットフードを付けたまま呆然としていると。

愛猫の可愛い仕草を見つけたジェラルドが盛大に反応する。

「リ、リリル！　口に……ッ！　それにそのキョトンとした目！　犯罪的な可愛さだ！　そんな顔で見上げるなんて、俺を殺す気なのか⁉」

いちいち大袈裟な王太子に慣れ始めたリリルーシアは、彼女を溺愛するジェラルドの気持ちを利用することにした。

「んにゃ、にゃにゃにゃっ！」

行儀など気にせずテーブルに跳び乗ったリリルーシアは、たしたしと前足でスープの皿を叩いた。

「どうした、リリル。そんなに愛らしい仕草をして。野菜スープが食べたいのか？　だがこれは猫用じゃないから……」

見当違いなことを言い出したジェラルドに、リリルーシアは尻尾をバタつかせる。

「にゃ！　にゃっ！」

（違うわよ、どうしてそうなるの⁉　猫用じゃないからこそ、あなたが食べるべきでしょう！

そんな甘いものばかり食べていては体に良くないわ！）

　ジェラルドの体を心配したリリルーシアが、鼻先でグイグイと皿を押してまで野菜スープを食べさせようとしているのに、愛猫の想いに気付かないジェラルドは途方に暮れていた。

「うーん……困ったな。今度シェフに言って、猫用のスープを作らせなければ」

「ゥニャーー〜〜！」

（そうじゃないったら！）

　苛立ったリリルーシアは、思いがけず強い力で猫パンチを繰り出してしまった。

　その勢いで野菜スープの皿がひっくり返り、リリルーシアの体にスープが掛かる。

　幸い冷めていたので火傷《やけど》はしなかったが、王太子自慢のリリルーシアの美しい白い毛並みがスープで汚れてしまった。

「リリル‼」

　叫んだジェラルドが、凄い勢いでリリルーシアを抱き上げ、体に異常がないか確認する。

「大丈夫か⁉　どこか痛いところは⁉　怪我や火傷はしてなさそうだが……ああ！　リリルの白くて世界一美しい毛が！」

　嘆く王太子に、スープまみれになって放心していたリリルーシアは、我に返ってジタバタと動く。

　よく見てみると、リリルーシアのせいでジェラルドまでスープまみれなのだ。

　スープの皿をひっくり返してしまうという失態を犯し、自分と王太子をスープまみれにしてしまったリリルーシアは、あまりの羞恥にショックを受けていた。

「……」

「……」

目が合い黙り込んだジェラルドと、抱き抱えられたままのリリルーシア。

バツの悪そうなリリルーシアに気付いたジェラルドは、その頭をくりくりと撫でてやると優しく微笑んだ。

「リリル、一緒に風呂に入ろうか」

「ニャッ!?」

(お風呂!?)

「心配するな。どこもかしこも満遍なく、隅々まで綺麗にしてやるから」

汚れた体を洗ってくれるのは有り難いが、未婚の男女が一緒にお風呂だなんて……と、逃げ出そうとするリリルーシア。

しかし、魔法の鈴によりどんなに暴れても逃げることのできないリリルーシアは、なす術もなく。服を脱いだジェラルドと共に、浴槽に入れられてしまった。

「リリル？　何故目を閉じてる？　水が怖いのか？」

(この状況で目を開けられるわけないでしょう！)

ジェラルドに抱えられた状態でお湯に浸かったリリルーシアは、ぎゅっと両目を閉じながら内心で悪態を吐く。両の肉球を目に当てて、絶対にジェラルドの体を見ないように丸まるリリルーシア。

「大丈夫だ。お前が嫌がることも、痛いこともしない。俺を信じろ」

カッコいいジェラルドの真剣な言葉。しかしリリルーシアは、弱々しい声で鳴くのが精いっぱいだった。

「ふにゃぁ……！」

（信じろって言われても！　私はただ、目が開けられないのよ！　だって王太子殿下は今、は、は、裸なんですもの！）

人間の姿であれば、リリルーシアは間違いなく全身を真っ赤にさせていた。

だが今のリリルーシアは猫。固く目を瞑《つむ》る愛猫が、まさか自分の裸に恥じらっているだなんて思いもしないジェラルドは、その裸の胸にリリルーシアを押し付ける。

「にゃうっ⁉」

何も身に纏《まと》っていない肌が毛皮越しに感じられて、リリルーシアは変な声を上げた。

「ほら。水が怖いなら、こうやって抱えてやるから。安心して身を任せてくれ」

ジェラルドの声はどこまでも優しい。が、リリルーシアはそれどころではなかった。

（男の人の胸が……ッ！　私、男の人と裸で抱き合って……ッ⁉）

「リリル？　どうした？　リリル⁉」

色々とキャパオーバーなリリルーシアは、もうお嫁に行けない、とあまりの羞恥にのぼせ上がり、そのまま気を失ったのだった。

◇

長年猫を飼うことを夢見てきた極度の愛猫家なだけあり、ジェラルドは猫の扱いに関してはとても上手かった。

撫でるの然り、洗うの然り（気を失っている間に全身くまなく洗われたのはつい先日のこと）、声を掛けるのだって。これまでどれほど猫を飼うイメージトレーニングをしてきたのか、その努力が窺えて若干残念になる程だ。

感情が抑え切れていない感は否めないが、リリルーシアが驚かないよう、賛辞の言葉を大声で叫ぶようなことはしなかった。

抱き上げるのもリリルーシアが嫌がらないよう注意深く観察してくれるし、ブラッシングは言うまでもない。

そんなジェラルドだからこそ。オモチャで遊ぶのも、また途轍もなく上手かった。

「リリル！　ほら、このネズミを捕まえてみろ！」

（なに？　なんで⁉　たかが人形をぶら下げられてるだけなのに、体が勝手に動くわ！　これが猫の本能なの⁉）

右に左に。緩急をつけて振られるネズミの人形を見ると、追いかけたくて堪らない。

飛んで跳ねて、華麗な猫パンチを何度も繰り返すリリルーシアに、ジェラルドはご満悦だった。

「すごいなリリル！　お前を前にしたら、どんな獲物もイチコロだろう。狩りまで得意でこんなに可愛いだなんて、俺の天使は最高だ！」

　何をやっても絶賛される。王太子の溺愛は止まらなかった。猫としてジェラルドに溺愛され、翻弄されつつも贅沢な暮らしをリリルーシアが送っていたある夜のこと。

　それは、猫の耳にはとても大きく恐ろしく響いた。

　ゴロゴロと猫が喉を鳴らすのの何倍も大きな音を立て、空に光る稲妻。雷の音に飛び起きたリリルーシアは、クッションの上で身を震わせた。

「ニャー……」

（こわい……どうしてこんなに大きくて恐ろしい音がするの？）

　ゴロゴロ、ドカーン、と。どこかで雷の落ちる音が再び響く。

（どこか……なにか、音を遮れるような狭い場所を探さなきゃ）

　涙目のリリルーシアは、夜目の利く猫の目を利用して、眠っているジェラルドの部屋をビクビクしながら移動した。

（ソファ……ダメよ、隠れるところがないわ。テーブル……机、は硬すぎて眠れない。本棚……は本が落ちてきちゃう）

　うろちょろと部屋を徘徊したリリルーシアが最終的に辿り着いたのは、ジェラルドが眠るベッドの上だった。

　本来であれば、未婚の男女が一つのベッドで寝るなんて、はしたない行為だ。

それでも。猫になったせいで聴覚が良くなり、雷の音が人間の時の何倍にも大きく聞こえて怖いリリルーシアは、背に腹は代えられなかった。

「ん……リリ、ル……」

タイミングよく寝返りを打ったジェラルドが横向きの姿勢になると、ジェラルドの胸元とシーツの間に隙間ができる。

その狭そうで温かそうな場所が、まるで誘っているかのようにリリルーシアを誘惑していた。

(あそこに飛び込んだら……狭くて温かくて、雷の音も遮られるかしら?)

ゴロゴロゴロ、ドッシャーン!

「⁉」

先程よりも大きく聞こえた雷の音に驚いたリリルーシアは、一直線にジェラルドの胸元に飛び込んだ。

震えながら飛び込んだリリルーシアを、寝惚けたジェラルドの腕が包み込む。

「リリル……俺が、守ってやるから……」

ジェラルドの寝言と、匂いと、優しい手に安心したリリルーシアは、その夜。あれほど怖かった雷の音もすっかり忘れて、眠りに就くことができたのだった。

翌朝。前足を伸ばして、くあぁっと大きな欠伸《あくび》をしたリリルーシアは、周囲がなんだかいつもと違うことに気付いた。

いつも寝ているクッションとは違う寝心地。そして温もり。匂い。

　パチパチと目を瞬かせたリリルーシアが状況を把握した途端、震える声がすぐ近くから聞こえた。

「ああ、幸せだ。リリルが俺のベッドに潜り込んできて、一緒に寝てくれるなんて！　幸せ過ぎて死んでしまいそうだ！　まさか、こんな日が来るとは！　これはもう、リリルと結婚するしかないんじゃないだろうか」

　幸福を噛み締め切れないジェラルドが、シーツの中で身悶えている。いったいいつから起きてそうしていたのか。喜びに打ち震えるその振動さえもが、密着しているリリルーシアに伝わってきた。

「ニャ！」

（恥ずかしいことを言わないでよ！）

「あ、行かないでくれ、リリル！」

　慌ててベッドから飛び出したものの、リリルーシアは既に手遅れだった。

（迂闊だったわ……温かくて、狭くて、いい匂いがして……あんな場所を知ってしまったら、他で眠れないじゃない！）

　その日からリリルーシアは、どうしても猫の欲望に抗うことができず。自らが一番安心する寝床……王太子ジェラルドの腕の中で眠るようになってしまった。

◇

念願の愛猫との生活にどっぷりと浸かるジェラルドは、愛猫の仕草全てが愛おしくて仕方ない。

そんなジェラルドを見上げる愛猫の瞳は、心なしか呆れ果てているように見える。

「ああ、一秒でもリリルから目を離すのが惜しい。瞬きを止められる魔法はないのだろうか」

（この王太子、本当に重症ね……取り返しがつかなくなる前に、逃げないと）

内心ではそんなことを考えながらも、リリルーシアは他人から愛される初めての生活に徐々に心地好さを覚えるようになっていた。

これまでの人生で嫌われ役を買って出て、妹の代わりに散々後ろ指を差されて生きてきたリリルーシア。

リリルーシアの一挙手一投足を褒め称え、可愛い、愛おしいと連呼してくれるジェラルドの存在は、いつしかリリルーシアの中で擽ったくも憎めない存在になっていった。

一方のジェラルドは、初めての愛猫に夢中になりながらも、妹であるエリザベスを毎日見舞っていた。

目を覚まさない妹を見る度に胸が締め付けられ、そして考える。

エリザベスが起きれば、念願の愛猫を得たジェラルドのことを誰よりも祝福し、一緒に可愛がってくれるのに、と。

妹が目を覚ました時のことを思い描いては、日に日に痩せ細っていく姿を見て絶望する。

それを慰めてくれるのが、他でもない愛猫の存在だった。

「リリル。出迎えてくれるのか？　ありがとう。……今日もダメだった」

目覚めないエリザベスを見舞ってきたジェラルドが帰ると、リリルーシアはその様子を見て頭をぐりぐりと押し付けた。

（また落ち込んで帰ってきた……エリザベス王女殿下は、まだ回復しないのね）

「ふ。お前は可愛いなぁ、リリル。嫌なことも、苦しいことも。お前がいたら、なんだって吹っ飛んでしまうな」

普段は少々素っ気ない態度のジェラルドの愛猫は、ジェラルドが妹の宮から戻った時だけは、落ち込みを理解してくれているかのように寄り添ってくれた。

「みゃう、にゃー」

（落ち込まないで、絶対に、王女様は目覚めるから）

ゴロゴロと。ジェラルドを励ますように喉を鳴らすリリルーシア。

すりすりとジェラルドに体を擦り付けながら、リリルーシアはその瑠璃色の瞳でジェラルドを見上げた。

「ありがとう、リリル。お前がいてくれて、俺は救われている。……もういっそ、本当に結婚したい」

ぎゅっと愛猫を抱き締める王太子。肉球で押し返すリリルーシア。

しかし、嫌そうにしながらも、ジェラルドの愛猫はその腕の中から逃げ出そうとはしなかった。

ツンツンとした態度の中にたまに見え隠れするこの〝デレ〟に、凄まじい勢いで魅了されたジェラルドは、より一層愛猫にのめり込んでいったのだった。

できることなら仕事にも愛猫を連れて行きたいと豪語するジェラルドだが、当然そんなことは叶うはずもなく。

外では愛猫の前にいる時とは別人のような、完璧な王太子としての公務をこなしていた。

事件から半月ほどが経ったこの日もジェラルドは、泣く泣くリリルーシアに留守番をさせて、朝からとある屋敷に来ていた。

「まあ！　王太子殿下、お会いできて光栄ですわ！」

肌を露出したヒラヒラのドレスを身に纏い、媚びるような声で王太子であるジェラルドと側近のヘンリーを出迎えたのは、噂の人物、ナタリーサ・ポーパッズ。

ジェラルドがナタリーサに会って最初に思ったのは、『声がデカくて甲高い』だった。

猫はこういう声を嫌がると何かの文献で読んだことがある。

そのためジェラルドもこういった声は好まない。

「ジェラルド様はお噂通り、とってもかっこいいですね！」

ジェラルドにとって、異性から品定めするような媚びるような視線を投げ掛けられるのは日常茶飯事。そんな目で褒められたところで、なんとも思わない。

他の女と変わらない粘ついた視線を無視しながら、ジェラルドは早速本題に入った。

「王女エリザベスの毒殺未遂事件のことを、詳しく聞かせて欲しい。君は事件の唯一の目撃者。君は君の姉であるリリルーシア・キャタウォールがエリザベスに毒を盛ったと証言したらしいが、間違いないか？」

もっと早く話を聞きに来たかったというのに、事件のショックで体調が悪いからと半月も待たされたジェラルドは、元気そうな様子のナタリーサに内心苛立っていた。

しかし、表面上はあくまでも淡々と問いかける。そんな王太子に、ナタリーサはクネクネと身をくねらすと、わざとらしく涙声を作った。

「そうです！　私、この目で見ました。間違いなくお姉様が王女様に毒を盛ったんです。妹として、お姉様には本当に裏切られた気分です。いくら私と王女様が憎いからって、あんなことをするなんて。うぅ……」

そう断言するナタリーサに、ジェラルドは違和感を覚える。

「何故、そう断言できる？」

思ったのと違う王太子の反応に動揺したのか、ナタリーサは嘘泣きを引っ込めた。

「それは……ほら、お姉様って嫉妬深いんです。いつだったかしら。アカデミーに通い始めた頃、お姉様は騎士のサミュエル卿に恋をしてましたの。逞《たくま》しい腕が魅力的だった殿方ですわ」

話が飛躍し、急に始まった色恋話にジェラルドはそっと眉を寄せた。

「お姉様は彼の婚約者だった令嬢のドレスをズタズタに引き裂いたことがあったんです。それも、誰も見ていない時にこっそりと。ね？　陰湿でしょう？」

「……」

ナタリーサは生き生きとして、とても楽しそうだった。

「他にも、伯爵令息のドナルド様。彼の恋人にはヘビやカエルを送り付けて散々な目に遭わせたんです。野蛮だと思いません？」

「……」

姉を鼻で笑うナタリーサは、ジェラルドの軽蔑するような視線になど気付かずに話を続ける。

「そんなふうに嫉妬に駆られて酷いことばかりするお姉様ですもの。王女様に毒を盛ってもおかしくはありません！」

支離滅裂な結論にも、ジェラルドは慎重に問い掛けた。

「……夫人の言うそれらの事件について、証言者や証拠はあるのか？」

「いいえ！　ですが、全てはお姉様が自分でやったと白状したのです。キャタウォール家の財産から補償を出したこともありますわ。ねえ？　お姉様がどれだけ性悪か、よく分かりますでしょう？　あんなのが自分の姉だなんて、恥ずかしくて仕方ないわ！」

ジェラルドは、次から次へと姉を貶す言葉ばかり吐くナタリーサに同調することはせず、率直に問い掛けた。

「君が言うそれらの証言が、今回の事件と直結しているようには思えない。何故君の姉は、わざわざエリザベスに会いに行った？　本当に覚えていないのか？」

素直にナタリーサを信じてくれないジェラルドに苛立ちながらも、ナタリーサはフッと笑った。

「分かりました、ジェラルド様にだけお話しします。実は、エリザベス様は私の夫ウィリアムを誘惑していたんです！」

「……なんだと？」

ジェラルドが出した低い声に、ナタリーサは手応えを感じて更に声を高くする。

「私はそれでもウィリアムを信じているから、辛いけど耐えました。でも、お姉様は違った！　まだウィリアムに未練のあったお姉様は、妻である私と一緒にウィリアムの愛人である王女様を毒殺しようとしたんです！」

完璧ね、とナタリーサは自分の演技を自画自賛する。

悲劇の主人公そのもののようなナタリーサ。

その芝居がかった彼女の言葉を聞いたジェラルドは、静かに声を震わせた。

「エリザベスが、ウィリアムを誘惑……愛人関係にあったと？」

しめたとばかりに、ナタリーサは下手くそな嘘泣きの演技を始める。

「そうなのです！　王女様も王女様だわ。人の夫に手を出すだなんて。だけれど、私は心が清らかで寛大だから王女様を許します」

偉そうなナタリーサの話を聞いたジェラルドは、途轍もない不快感を感じた。

ジェラルドはよく知っていたのだ。

妹のエリザベスが遠い異国へ留学を決意したのは、幼馴染のウィリアムから逃れるためだったと。

幼い頃からエリザベスに想いを寄せていたウィリアムは、成長するに連れてエリザベスに対しストーカー紛《まが》いの行為をするようになっていた。

兄であるジェラルドや、信頼するヘンリーにそのことを相談していたエリザベス。

ジェラルドとヘンリーは怒りに任せてウィリアムを締め上げようとしたことがあるのだが、公爵家の跡取りと王家が険悪になるのを憂慮したエリザベスは、自分が国外に出ることで事なきを得ようとした。

それを……。幼馴染の行き過ぎた行為に恐怖を感じて留学までし、ウィリアムが結婚すると聞いて安心して戻ってきたエリザベスが、何をどう間違えばウィリアムと不倫するだなんて話になる？

……理解できない。

そもそも、先程からこの女の話は支離滅裂で、口にするのは他者の悪口ばかり。

とにかく姉を悪者にすることしか考えていない。

到底信用できない、とジェラルドはナタリーサに向けて嫌悪感を抱いた。

その後ろに控えていたヘンリーもまた、ナタリーサへ言いようのない怒りを静かに滾《たぎ》らせていた。

黙り込んだジェラルドのことをどう勘違いしたのか、ナタリーサはここぞとばかりに対面していた王太子の隣に移動し、その身を寄せる。

「私、ウィリアムに裏切られたけれど、このまま離婚されても本望です。だって、今更気付いたの。私の運命の人はウィリアムではなくジェラルド様……」

　ジェラルドは、ナタリーサがそれ以上戯言《たわごと》を吐く前にスッと立ち上がる。ジェラルドの肩にもたれようとしていたナタリーサは、無様にゴロンと転がった。

　ジッと成り行きを見ていたヘンリーが、怒りを抑え込んでジェラルドの帰り支度のために移動する。

「ジェラルド様……？」

「……吐きそうだ。君、香水の匂いがキツ過ぎるぞ。公爵夫人になるのなら、客人を迎えるマナーはもう少し勉強した方がいい」

　口を押さえたジェラルドは遠慮せずにそれだけ言うと、ヘンリーを従えてナタリーサの元を後にしたのだった。


「ヘンリー、気持ちは分かるが落ち着け」

　帰りの馬車の中。怒っていたはずのジェラルドは、自分以上に怒気を顕《あらわ》にする側近を見て、冷静になっていた。

「これが落ち着いてなどいられますか？　あの女の言葉、何もかもが出鱈目もいいところです。王女殿下の苦労も知らず。あんな女の評判が良いと言ったのは、どこのどいつですか」

　それはとても珍しい光景だった。

　いつも興奮したジェラルドを嗜めてくれるヘンリーが、冷静さを欠いて取り乱している。

それだけヘンリーがエリザベスのことを想っているのだと思えば、ジェラルドは我を忘れて怒り続ける彼を有り難くさえ思えた。

「王女殿下が……エリザベス様が、どんな覚悟で留学を決めたか。知っていれば、あんな妄言を口にすることはできないでしょう」

　悔しそうなヘンリーは、快活で明るいエリザベスが、ウィリアムのストーカー行為に思い悩み、笑顔を失っていった日々を思い出して唇を噛んだ。

「そうだな。そんなエリザベスが、ウィリアムと不倫だなんて。あり得ない。これでハッキリしたことが一つある。ナタリーサ・ポーパッズの証言は、信用に値しない」

　ジェラルドの言葉に、ヘンリーも大いに同意する。

「その通りです。やはりこの事件、一度洗い直してみる必要があるようですね」

　頷いて宙を睨んだジェラルドは、ポツリと呟いた。

「姉のリリルーシア・キャタウォールが見つかれば、また違う証言が聞けるだろうが。痕跡さえ見つけられないとは。彼女はいったい、どこに消えたのだろうか」

◇

　その頃、留守番をしていたリリルーシアは、とあることが我慢できなくなっていた。

（こ、この匂い……間違いないわ！）

ジェラルドがナタリーサに会いに行くのは気になったが、それよりも猫になってしまったリリルーシアは、本能に忠実だった。

ヘンリーが用意し、ジェラルドが部屋に置いていったその箱からは、あの甘い匂いが漂っているのだ。我慢などできようはずもない。

（彼が用意してくれる最高級のキャットフードは美味しいけど、ずっとあれしか食べてないから、余計に我慢できないわ！）

涎《よだれ》を垂らしたリリルーシアは、ジェラルドに申し訳ないと思いつつも、牙でリボンを解いて、綺麗に包装された箱を前足で器用に開けた。

中にはリリルーシアの大好物が詰まっていた。

◇

「ただいま、リリル！　どうかお前の愛らしさで俺を救ってくれ！」

部屋に飛び込んだジェラルドは、嫌な記憶をとことん消し去ろうとでも言うかのように、リリルーシアを思い切り抱き上げた。

「ニャッ」

驚いたリリルーシアは、いつもの肉球でジェラルドの頬を押し返す。

「あー、この優しい匂い。モフモフ。ツレない態度！　最高だ！　どこぞの香水臭い女とはわけが違う！　俺のリリルが世界一いい女だ。やっぱり結婚するならお前しかいない、リリル！」

（何なの、いったい……）

「アレは流石に同情します。思う存分お猫様を愛でてください、殿下」

　ヘンリーまでもが疲れた瞳でジェラルドに声を掛ける。

　よく分からないが、とにかくリリルーシアを抱いてブツブツ言うジェラルドに、疲れが溜まっているのだろうかと心配になるリリルーシア。

「待て……これは何だ？」

　しかしそこで、ジェラルドは部屋に散乱するあるものに気が付く。

　綺麗に開けられた箱と、解かれたリボン。箱の中身は空っぽだった。確か、その中に入っていたのは……

「まさか、リリル！　お前、チョコを食べたのか⁉」

　王太子の絶叫が、城中に響き渡った。

　頬を掴まれ、顔を上げさせられたリリルーシアは面目なさそうに目を逸《そ》らした。

「にゃうん……」

（ごめんなさい……）

　散らかったチョコレートの箱もリボンも、今更誤魔化しようがない。

　これまでの生活でジェラルドが甘いものに目がないのを知っているリリルーシアは、しゅんと耳を下げた。

（この人も甘党だもの。きっと、あのチョコレートを食べるのを楽しみにしてたんだわ。だってあんなに美味しいチョコレートだったもの。だからこんなに慌ててるのね。本当に悪いことをしたわ……）

一粒だけ……ほんの少しだけ……味見させていただくつもりが、久しぶりの甘味につい夢中になってしまって、箱にぎっしり詰まっていたチョコレートを全て食べてしまったリリルーシア。

ヒゲの先についたチョコレートとその香りを感じ取った王太子ジェラルドは、愛猫を抱き上げて凄まじい勢いで身を翻した。

「ヘンリー！　今すぐ獣医を呼んでくれ！」

「はい……ッ！」

ヘンリーが駆け出して行ったのを不思議な思いで見ていたリリルーシアは、自分を抱き上げるジェラルドに至近距離で問い詰められていた。

「どこか痛いところはないか？　吐き気は？　具合は悪くないか⁉　ああ！　お前に何かあったら俺はどうしたらいいんだッ‼」

「にゃ……？」

（何でこんなに焦《あせ》っているのかしら……？）

リリルーシアの前ではいつも様子のおかしいジェラルドだが、今日はいつもと違った方向に様子がおかしい。

首を傾げるリリルーシアに、ジェラルドは真面目な顔で言い聞かせた。

「リリル、箱を放置していた俺も悪いが、変なものを食べてはいけない。チョコレートは猫にとって毒なんだぞ！」

（あ……そういえば、そんな話を聞いたことがあるような）

どこかで聞いたことのあるような話に『へえ、そうなんだ』と思っていたリリルーシアは、今日の自分の行動を思い返して目を見開いた。

「ニャア!?」

（ええ!?　私、これでもかって言うくらいチョコを食べちゃったわ！　この猫の体で！　どうしましょう!?）

「ヘンリー！　急いでくれ！　早く獣医を!!」

悲痛な王太子の声が、廊下にまで響き渡った。

◇

「……不思議ですな。本当に大量のチョコレートを食べたのですか？」

リリルーシアの体をマジマジと診察した獣医は、何度も首を傾げていた。

「間違いない。この一箱をペロリと食べた。ラッピングを解いて箱を開けるだなんて、俺の愛しいリリルは本当に賢い子だ。俺が甘かった」

こんな時でも愛猫を褒めることを忘れないジェラルドは、沈痛な面持ちで頭を抱える。

「どうですか？　お猫様の容態は？　やはり、よくないのですか……？」

愛猫に何かあれば王太子が発狂することが目に見えているので、ヘンリーも戦々恐々としながら獣医に確認する。

しかし獣医は、悲愴な表情の二人へ向けて戸惑った顔を向けた。

「いえ、それが……全く異常がありません。念の為経過観察をしていただきますが、これだけの量のチョコレートを食べて何の症状もないのは不可解です。取り敢えず、食べてしまったチョコレートを吐き出させる薬を処方します」

「……は？」

「そんなことが……？」

口をぽかんと開けたジェラルドとヘンリーは、信じられないものを見るようにリリルーシアを見下ろした。

男達から呆然とした視線を向けられたリリルーシアは、居心地が悪そうに身をよじるが、具合が悪そうには見えない。

（私が本当は人間だから大丈夫だったのかしら？　でも、この姿になってから身体機能は完全に猫になったのに、食べ物だけは大丈夫、なんてことがあるかしら……？）

リリルーシア自身も、この事態に首を傾げる。

そもそも猫になること自体が普通の状態ではないが、自分の体に何が起こっているのか分からず腑に落ちない思いだった。

「まあ、リリルが無事なら何でもいいが……」

　ホッと息を吐いたジェラルド。しかし……

「ニャニャッ！（何これ苦い！）」

　獣医に飲まされた薬の苦さに、リリルーシアが悲鳴を上げた時だった。

　リリルーシアの体が青い光を放ち、すぐに元に戻った。白猫は自分の体に起きたことに気付いていないのか、薬の苦さに前足で口を洗っている。

　苦さに口元を気にする素振りを見せるが、リリルーシアに薬の効果は全く見られない。

「これは……！」

「なんだ⁉　今度はどうしたと言うのだ⁉」

　焦ったような獣医の様子に、ジェラルドも気が気ではなかった。

　目に入れても痛くはないほどに溺愛している愛猫に、いったい何が起こっているのか。

　王太子に詰め寄られた獣医は、驚愕の表情を浮かべながらも見解を述べる。

「それが、どうやら薬が無効化されたようなのです」

「何だと⁉」

　ジェラルドが悲鳴を上げる。

「薬とは毒にもなるものですからね……。もしやこのお猫様は、異能をお持ちなのでは？」

「異能？」

「猫にとってチョコレートは毒。そして。この薬もまた、作用としては嘔吐を誘発する毒です。このお猫様には毒を浄化する異能があるのかもしれません」

それを聞いたジェラルドは、目を白黒させて愛する白猫を見た。

「毒を浄化、だって……？」

勿論、リリルーシアにはそんな能力に心当たりがない。

ジェラルドに呆然と見つめられながらも、リリルーシアもまた、獣医の言葉に呆然としていた。

（どういうこと……？　私にそんな力があるの？）

「あの……失礼ですが、こちらのお猫様は、元人間……というようなことはありませんよね？」

獣医が王太子の顔色を窺いながら、おずおずと口にしたその言葉に、ジェラルドとリリルーシアはそれぞれ飛び上がった。

「何を言っている？　そんなこと、あるわけないだろう！」

全力で否定するジェラルド。

（なんでそのことを知ってるの⁉）

言い当てられて驚愕するリリルーシア。

「いえ、実は……私の師から聞いたことがあったのです。その昔、呪いで動物の姿に変えられた元人間の犬を診察したことがあったとかで。その犬は確か……とある高位貴族の傍系で、異能が発現していたと。魔法や呪いの話ですので、どこまでが本当か定かではありませんが……」

それを聞いたリリルーシアは、ハッと顔を上げた。間違いなくリリルーシアは元人間だ。

獣医の話に充分当て嵌《は》まっている。

異能……あのラピスラズリの呪いが、ただの呪いではなく、動物の姿にすることで異能を授けるものだったとしたら？

（私に毒を浄化する力があるのなら……）

「にゃーう！」

リリルーシアは、尻尾をピンと立てて戸惑い続けるジェラルドを見上げた。

「リリル？」

何よりも溺愛する白猫に異能と元人間疑惑まで浮上したジェラルドだが、リリルーシアが何かを訴えて鳴けば、応えるように膝を折ってリリルーシアに目線を合わせた。

「ニャニャ、にゃ」

ジェラルドに向けて何かを訴えるようなリリルーシアは、台から飛び降りてジェラルドの足元にすり寄り、扉の方へ向かった。

「リリル……どこかに行きたいのか？」

リリルーシアの意図を理解してくれたジェラルドは、普段は自室とその隣の書斎までしか行かせない愛猫を、廊下に出してやった。

キョロキョロと周囲を見渡したリリルーシアは、窓から見た景色でだいたいの城の位置を把握していたが、迷いながら慎重にぽてぽてと肉球を進めていく。

「殿下、お猫様はいったい何処に向かわれてるんです？」

「分からない……が、いざとなったら鈴がある。とにかく今は、やりたいようにやらせてやろう」

ぽてぽてと進んでは、後ろを振り返ってジェラルドを見上げるリリルーシア。

ついて来てと言われてる気がして満更でもないジェラルドは、まだ混乱が抜けきらないながらもリリルーシアの後をついて行った。

時に迷いつつ、あちこちの匂いを嗅ぎながら進むリリルーシアを見ていたジェラルドは、あることに気付いてハッとした。

リリルーシアの向かう先に、心当たりがあったからだ。

「この先は……最近俺が出入りしている王女宮の……まさかリリル、お前。エリザベスの元に行くつもりか？」

ジェラルドの驚きを含んだその声を聞いたリリルーシアは、振り返ってジェラルドの足に頭を擦り付けた。

「にゃう、にゃっ！」

（そうよ、連れて行って！）

毒を浄化する異能の話をしていた途端、エリザベスのいる方向へ向かい出したリリルーシア。

まるで人間の言葉を理解しているかのようなその行動に疑問を抱きながら。それでもジェラルドは、リリルーシアの思いを汲み取って愛猫を抱き上げた。

◇

「あの、殿下……この猫は？」

「責任は俺が取る」

王女エリザベスの眠る部屋に猫を連れ込んだ王太子ジェラルド。

医師に訝《いぶか》しげな目を向けられながらも、ジェラルドは妹のベッドに愛猫を下ろした。

（エリザベス王女殿下……私に毒を浄化する力があるのなら、ナタリーサのせいで毒を飲んだあなたを救いたい……）

以前会った時は溌剌《はつらつ》とした美しい印象のあった王女は、青白く痩せ細った顔で眠り続けている。

その様に心を痛めながら、リリルーシアは何とか自分の力を引き出そうとした。

（ええっと、どうすればいいのかしら……？）

ここまで来てみたものの、何をどうすればいいのか分からないリリルーシア。

「リリル？」

心配そうなジェラルドが声を掛けると、リリルーシアは耳と尻尾を下げて、情けない瞳を王太子に向けた。

「うわっ！　なんだその可愛い顔は！　キスしてもいいか⁉」

「……」

いつもの調子の王太子ジェラルドに、リリルーシアは幾分か緊張を和らげた。

抱き寄せようとするジェラルドの手をにゅるりと交わしたリリルーシアは取り敢えず、エリザベスを起こすように、その場で所謂《いわゆる》〝ふみふみ〟をしてみた。

前足を交互に動かして、肉球を広げてエリザベスのお腹を押してみる。

「くっ……！」

その仕草のあまりの愛らしさに、ジェラルドが盛大に打撃を喰らって崩れ落ちた。が、リリルーシアは至って真剣だった。

〝ふみふみ〟をしながら意識を集中させていくうちに、リリルーシアの体から伝わった何かが青い光となってエリザベスを包み込む。

光が収まり、半信半疑で王女の体を診察した医師は、驚きの表情で猫と王太子を見た。

「脈が……！　奇跡です。王女殿下に回復の兆しが見られます！」

「ああ、リリル……！」

ジェラルドは、一目散に愛する白猫の元へ駆け寄って抱き上げた。

「やっぱりお前は俺の天使だ！」

ぎゅっと抱き締められたリリルーシアは、すっかり慣れてしまったジェラルドの腕の中で、安堵の溜息を吐いたのだった。

リリルーシアがエリザベスの毒を浄化しようと試行錯誤している間、その行動をすぐ側で見ていたジェラルドは、愛する白猫の丸い後頭部をジッと見ていた。

毒を浄化する力がある、と聞いた途端、急にエリザベスの元に向かった愛猫。それはまるで、人間の言葉を理解しているかのような、不思議な行動だった。

そして実際にエリザベスの毒を浄化するとは。

ジェラルドの愛猫〝リリル〟は、どう考えても普通の猫ではない。

『こちらのお猫様は、元人間……というようなことはありませんよね？』

先程獣医に言われた言葉が、ジェラルドの脳裏に浮かぶ。と同時にジェラルドは、これまでの愛猫との日々を思い出していた。

出会ったあのリリーベルの咲く庭、ジェラルドの懇願に歩み寄ってくれたケージ越しの姿。

普段はツンとした態度を見せるのに、撫でると素直で、愛らしい声で鳴いて、その瑠璃色の美しい瞳で真っ直ぐにジェラルドを見上げる仕草。

真っ白な毛並みによく映える、ピンク色の肉球を突っぱねて、ジェラルドにイヤイヤをしてみせるその行動さえ、悶え死ぬ程に可愛くて可愛くて、愛おしくて仕方ない。

妹エリザベスの不幸な事件に澱《よど》んでいたジェラルドの心を慰めてくれたのは、間違いなくこの愛猫だ。

そして。その力でエリザベスを救おうとしてくれているのもまた、紛れもない事実。

（リリル……お前の正体がなんであったとしても、俺は……）

ジェラルドは、何よりも愛おしい腕の中の存在に、ちゅ、とキスを落とした。

「フニャッ⁉」

驚いた恥ずかしがり屋の愛猫は、毛を逆立ててジェラルドの腕の中から逃げ出していく。

もしも、この愛猫が人間であったなら。絶対に顔を真っ赤にしているであろうことがよく分かる程に目をまん丸にして戸惑うその姿。

それが本当に可愛くて愛しくて愛らしくて、ジェラルドは思わず笑ってしまったのだった。


それからリリルーシアは、毎日ジェラルドと共にエリザベスの元に通った。

リリルーシアの力が弱いのか、時間の経った毒がなかなか抜けないのか、エリザベスがすぐに目を覚ますことはなかったが、リリルーシアが毎日力を使うことで、エリザベスは確実に回復に向かっていた。

ジェラルドがリリルーシアを大切そうに抱きながら、妹の元へ見舞う姿はあちこちで目撃され、果てしなく可愛いうえに行儀がよく、さらには素晴らしい能力を持った〝王太子殿下の愛猫〟はすっかり有名になった。

エリザベスの治療を続けながら、リリルーシアは王女が目覚めた後のことを考える。エリザベス王女は、自分に毒を盛ったのがナタリーサだと知っているはず。

このままエリザベスが目覚めてくれれば、リリルーシアの冤罪が晴れるかもしれない。

そうすればリリルーシアの呪いが解けて人間に戻っても、処刑を免れる。ナタリーサは捕まるだろうが、あれだけ尽くした挙句に裏切られたのだ。

リリルーシアがこれ以上妹に同情する必要はない。自分にそう言い聞かせたリリルーシアはエリザベスの治療を続け、エリザベスの容体を見守っていた医師からは、王女が目覚める兆しが見られ始めたと太鼓判を押された。

「にゃーお」

全てがいい方向に向かっていく。そんな気がして上機嫌なリリルーシアだったが、一つだけどうしても思い通りにいかないことがあった。

「リリル……！　そんなに可愛い顔をしても、チョコレートだけはダメだ！」

過保護なリリルーシアの飼い主は、毒を浄化できるリリルーシアの異能を知ってもなお、チョコレートを与えてくれないのだ。

「にゃお、にゃー、にゃっ！」

（いいから、ちょうだい、大丈夫だからっ！）

「お前が凄い能力を持ってるのは知っているが、万が一何かあったらどうするんだ！　お前に何かあったら、確実に俺は死ぬぞ！」

絶叫するジェラルドに、リリルーシアは最終手段とばかりに、こてんと転がり腹を見せた。

これだけは絶対にするものかと決めていたポーズまで見せたのだ。私のことを愛しているならチョコレートをちょうだい、とその状態で首を傾げてジェラルドを見上げるリリルーシア。

「にゃ」

（お願い、どうしても食べたいの）

「ぐっっっ！」

　リリルーシアの渾身の愛嬌を盛大に喰らったジェラルドは、崩れ落ちるようにその場に倒れて胸を押さえた。

「可愛すぎて心臓に悪い……」

　しかし、ここまでやってもジェラルドは、リリルーシアにチョコレートをくれなかった。それはジェラルドにとっても断腸の思いだったが、愛猫の健康を思えば、毒を進んで与えることなどできない。

　とても残念だが、ジェラルドはそれ程までに愛猫を愛しているのだと思えば、渋々ながらリリルーシアも諦めるしかなかった。

　思い通りにいかないこともあるものの、概《おおむ》ね良い方向に向かっているリリルーシアの猫生活。このまま全てが上手くいく。そう希望を抱いた矢先のことだった。

　リリルーシアの身に、とある事件が起こる。

第七章 ◆ 月の光

リリルーシアはその夜、ジェラルドが留守にしている間に彼の書斎で本棚を漁《あさ》っていた。

基本的にジェラルドの寝室で生活しているリリルーシアだが、隣にある書斎にも出入りは許されている。

猫の目では文字が読みづらいのだが、読めないこともない。暇潰しに本を眺めるのがリリルーシアの日課だった。

そこでリリルーシアはふと、窓の外が明るいことに気が付く。

（今日は満月なのね）

何とは無しに、リリルーシアは窓辺に近寄った。

綺麗な月に惹かれたというのもある。しかし、それ以上にリリルーシアは、何かに呼ばれている気がして月光の差す場所へと肉球を進めた。

リリルーシアの真っ白な毛並みが、窓から差し込む月光に触れたその時だった。

「えっ……？」

リリルーシアの視線が急に高くなり、視界がクリアになる。

何が起きたか分からず自分の体を見下ろしたリリルーシアは、悲鳴を上げそうになった。

「手が、ある……？　足も、モフモフじゃない……ッ！」

リリルーシアの口から飛び出したのは、猫の鳴き声ではない声。

つい先ほどまで白猫だったリリルーシアは、月光の下で人間の姿になっていた。白い服は着ているが、足は裸足。

そんな自分の姿を呆然と見下ろし、リリルーシアが戸惑っていると……。

「リリル？」

ガタン、と音がして、隣の寝室に帰って来たジェラルドがリリルーシアを呼ぶ声がする。

「リリル？　どこだ？　寝ているのか？」

ガタ、ガタン、とリリルーシアを探す音。

今リリルーシアが姿を見せれば、まずいことになる。

下手をすれば捕まって、処刑されてしまうかもしれない。

リリルーシアは急いで辺りを見回すが、周囲にあるのは本棚と小さな机だけで、隠れる場所などなかった。

「リリル？　リリルー？」

その間にも、ジェラルドの声は書斎に近付いてくる。

そして扉が開くと、月の光を背にしたリリルーシアは、ジェラルドにその姿を見られてしまった。

「誰だ⁉」

「きゃっ⁉」

迫って来たジェラルドに手首を掴まれ壁に押し付けられたリリルーシアは、月の光の下で思い切りジェラルドと目が合う。

隠すこともできなかった顔を見られてリリルーシアが絶句すると、その顔を見た王太子もまた、驚愕の表情で目を見開いていた。

「お前は……！　リリルーシア・キャタウォールか？　何故お前がここにいる⁉」

「王太子、殿下……」

当然、指名手配されているリリルーシアの顔はジェラルドに知られていた。王太子に詰め寄られたリリルーシアは、もう何もかもがお終いだと目を閉じる。

これでは王太子の書斎に侵入した犯罪者も同然。言い訳のしようもない。このまま捕まって処刑される……リリルーシアの体が恐怖に強張る。

と、その時。リリルーシアの首元に着いたままの鈴が、チリリンと音を立てた。

その鈴を見下ろしたジェラルドは、鋭かった目を次第に見開きながら、驚きの表情を浮かべてリリルーシアを見る。

「その鈴……どうして。まさか、……リリルなのか？」

痛いほどに彼女の手首を掴んでいた力が弱まり、拘束が解ける。リリルーシアは、咄嗟に首元を押さえて鈴を隠した。

「な、何のことです？　おかしなことを仰らないでください。私が殿下の猫であるはずがないでしょう？」

その言葉を聞いたジェラルドは、スッと目を細めてリリルーシアを見る。

「何故、〝リリル〟が私の猫の名前だと知っている？」

「それは……！」

リリルーシアは、ハッと口元を押さえた。

考えてみれば、これまで逃亡していたはずのリリルーシアが王太子の猫の名前を知っているのはおかしい。

リリルーシアが混乱する間にも、ジェラルドは彼女を逃さぬように再度距離を詰めた。

「その鈴には特別な魔法が掛けられている。俺じゃないと外せない仕様になっているのだ」

肩を掴まれたリリルーシアの首で鈴が鳴る。

「試してみれば、すぐに分かるだろう」

その鈴にジェラルドが指を翳《かざ》すと、鈴はコロンと呆気なく首輪から外れた。その鈴を拾い上げて、ジェラルドは正面からリリルーシアを見る。

「やはり、お前がリリルなんだろう？」

これ以上誤魔化すことは不可能だと観念したリリルーシアは、開き直ることにした。

「ええ！　そうですわ！　私があなたの愛猫、リリルでしてよ！」

月の光が差す中、静かなジェラルドの書斎に響くその声は明らかに震えていた。

「これまでずっと、猫の姿で殿下を騙していたのですッ！」

叫びながらリリルーシアは……あんなにこの王太子の激重激甘愛から逃げ出したかったリリルーシアは、ズキンと痛む胸の痛みを感じていた。

「一緒に過ごしたこれまでの日々は、何もかも欺瞞《ぎまん》でしたの……全てが嘘偽りの、幻です。これで満足かしら？」

これできっと、王太子の愛猫〝リリル〟はもう要らなくなってしまう。

もう二度と、あの甘ったるくて優しい眼差しを向けてもらえない。

朝から晩まで猫撫で声で話し掛けられて、惜しげもなく愛の言葉を連呼され猫可愛がりされるあの生活はもう終わり。

それを望んでいたはずなのに、勝手に傷付いている。精一杯の虚勢の声が、こみ上げてくる涙で震えてしまい、そんな自分が惨めで仕方なかった。

涙目になっていることなんて悟られたくなくて、リリルーシアが目を逸らしたその時。

「リリル……！」

グッと抱き寄せられたリリルーシアは、いつもと同じなのにどこか違う王太子の腕の感触にボッと顔を赤らめた。

「なっ、なっ⁉」

「姿が見えなかったから心配したぞ。怪我はないか？　どこか変なところは？」

「何をっ……！　言いましたでしょう、私はあなたを騙していた悪女なのです！」

　身をよじったリリルーシアは、その腕から逃れるように距離を取った。

「それでも心配するなど、何を考えていらっしゃるの⁉　それでも王太子なのですか？　もっと私をお疑いになるべきですわ！」

　言い募るリリルーシアに向けて、ジェラルドは真剣に答える。

「だってお前は俺のリリルだ。一生幸せにしてやると言ったじゃないか」

　人間の姿に戻っても、何一つ変わることのないジェラルドの態度に、リリルーシアはただただ戸惑ってしまう。

　そんなリリルーシアに、ジェラルドは追い討ちをかけた。

「それに。一緒に風呂に入ったことを忘れたとは言わせない」

「ヒッ……！」

　リリルーシアの口から小さな悲鳴が上がる。

「雷の日に俺のベッドに潜り込んできたのはお前だろう？　それ以来、毎日のように抱き合って眠ったじゃないか」

「……っ！」

「俺の鼻をペロペロ舐めまわしたのも、俺に腰を撫でられて蕩《とろ》けそうな顔であられもない姿を晒していたのも、オモチャにつられてはしゃいでいたのも、チョコレート欲しさに自ら腹を見せ、愛嬌を振り撒いていたのも。全部お前だ」

　忘れてしまいたい恥ずかしい行動の数々を挙げられたリリルーシアは、いつもの癖で王太子の頬を手で突っぱねた。

「いやーーっ！　それは仰らないでっ‼」

　肉球ではなく手が本気で頬を押し返していると言うのに、ジェラルドは嬉しそうにリリルーシアのその手を取る。

「ああ、その反応！　心底嫌そうなその声！　まさしく俺のリリルだ！」

「……へ？」

「そのキョトンとした瑠璃色の瞳も、表情も。何も違わない。俺のリリルだ」

　リリルーシアの頬に手を伸ばしニコニコのジェラルドを見上げて、リリルーシアは戦慄した。

　そうだった。この男は、愛猫リリルのことに関してはトチ狂っているのだった。……流石にここまでとは思わなかったが。

「ど、どうして……」

「俺には分かる。姿が違っても、お前は俺の愛するリリルだ」

　人間姿の自分を一瞬で受け入れてくれた王太子に喜ぶべきか恐怖するべきか、分からず混乱するリリルーシアは、ジリジリとジェラルドから距離を取ろうとするが。

　そのモフモフではなくなった腕を、ジェラルドが掴む。

「ひゃっ⁉」

「どこに逃げる気だ？　逃すわけないだろう？　人間だろうと猫だろうと関係ない。お前は俺のものだ。なにより、令嬢相手にこれだけしてしまったとあらば、男として責任を取らねばなるまい」

　ごくりと唾を呑み込んだリリルーシアの額に、嫌な汗が流れる。

「な、何をなさるおつもりですの⁉」

　ジェラルドは、肉球のなくなったリリルーシアの手を取ると、その甲に口付けを落とした。

「分からないか？」

「⁉」

　これまで妹と弟の世話ばかりで恋愛などしたこともないリリルーシアは、こんなことをされたのが初めてだった。

　真っ赤になったリリルーシアを見つめたジェラルドは、いつも愛猫に向けて来たのと同じ笑顔をリリルーシアに向ける。

「まさかこんな形で夢が叶うとは」

「ゆ、夢……？」

「毎日のように言っていたではないか。世界一可愛い俺の天使。できることならお前と結婚したい、お前が人間だったらいいのに、と」

　驚くリリルーシアを他所に、ジェラルドは一度外れた鈴を、再びリリルーシアの首に取り付けた。

「え？」

　カチャン、とリリルーシアの首輪に戻ってきた鈴が、軽やかな音を立てる。

「嬉しいよ、リリル。いや、リリルーシア。お前が人間で」

　両手を広げて近付いてくるジェラルドに、リリルーシアは後退った。顔を青くすればいいのか、赤くすればいいのか。とにかく全身が強張るリリルーシアは、今すぐにでも逃げ出してしまいたかった。

　しかし、首に着けられた鈴がチリリンと鳴って体が動かなくなる。

「お、落ち着いてください、殿下！　私は人間なのです、猫ではないのですよ⁉」

「だからどうした？　そんなのは些細な違いじゃないか」

「些細な⁉　些細なわけがないでしょう、私はあなたの愛する〝リリル〟ではないのです！」

　瑠璃色の瞳に涙を溜めていたリリルーシアは、とうとうその瞳から涙を溢《あふ》れさせた。その雫《しずく》を指先で拭い、ジェラルドは優しい目をリリルーシアに向ける。

「いいや。お前は俺の愛するリリルだ」

「……！」

「姿形が違ったからといって、その事実が消えると思うのか？」

　ドクン、ドクン、とリリルーシアの心臓が爆発しそうなほどに高鳴る。鼻先同士が触れそうになり、リリルーシアはもうダメだと目を閉じた。その時だった。

　明るかった室内が、急に暗くなる。

どうやら月が雲に隠れたらしい。室内に差していた月光が、跡形もなく消える。すると、リリルーシアの視線は一気に低くなった。

「み、みー……」

次の瞬間には、リリルーシアは、猫の姿でジェラルドの腕の中にいた。見下ろした先には見慣れたピンク色の肉球。

窓の外を見つめたジェラルドが、得心したように呟く。

「……そうか、月の光か。月光で元に戻るということは、やはり呪術の可能性が高い。本当はもっと話を聞きたいのだが……月が完全に隠れてしまったな」

ジェラルドに抱き上げられたリリルーシアは、猫に戻れて心底ホッとした。人間の姿であんな至近距離で……心臓がどうにかなりそうだった。

「リリル、心臓の音が凄いぞ？　大丈夫か？」

「ニャー」

胸に手を当てられ心配されたリリルーシアは、怒ったようにジェラルドへ牙を向けた。

（それは、あんな迫られ方をしたらドキドキもするでしょう！）

「よく分からないが、その顔も可愛いな。怒っているのか？　なんだその牙は。白くて小さくて尖っていて、最高に愛くるしいじゃないか！」

いつもの調子でわけの分からないことを絶賛されて、さらにはあり得ないくらいドキドキさせられて。リリルーシアは心底疲れ果てたのだった。

◇

最愛の愛猫を抱いてベッドの定位置に降ろしてやったジェラルドは、居心地悪そうにするリリルーシアを見て密かに笑みを溢していた。

正体がバレて居た堪れないのか、ベッドから降りようとするリリルーシアを、ジェラルドは優しく捕まえる。

「どうした、リリル。今日は一緒に寝てくれないのか？」

「にゃう、にゃ」

まるで、『正体がバレたのに、一緒に眠れるわけないでしょ』とでも言っているかのようなその不貞腐れた表情に、ジェラルドは内心で微笑みが止まらないながらも眉を下げた。

「なぜだ？　今まで通り、俺の隣で眠ってくれ」

愛猫の正体が何であっても関係ないと態度で示したジェラルドは、先にシーツの中に潜って片腕を上げて隙間を作る。

常であれば、ジェラルドがこうするとリリルーシアはその隙間からシーツの中に潜り込むのだ。

しかし、そうしていいのか分からないリリルーシアは、もじもじとベッドの上で足踏みをする。

王太子の大きなベッドは、小さな猫の足踏みにはびくともしない。

「ほら、はやく。おいで、リリル」

ジェラルドの声は優しかった。

愛猫がただの猫ではなく、妹を毒殺しようとした容疑者にして悪女と名高いリリルーシア・キャタウォールと知ってもなお、〝リリル〟を呼ぶその声には愛情が満ちていた。

きゅ、っと、肉球を丸めたリリルーシアは、変わらぬ笑顔で自分を迎えてくれるジェラルドの元へその一歩を踏み出す。

もきゅ、もきゅ、高級なマットレスは、リリルーシアが歩くたびに沈み、次の一歩を後押ししてくれた。

戸惑うリリルーシアをずっと待ってくれているジェラルド。片腕を上げたままでつらいだろうに、その顔はこの上なく幸せそうに見える。

「……」

リリルーシアは、泣きたくなった。

ただの平凡な猫と、その飼い主だったのなら、どんなに良かっただろう。こんなに温かな人の腕の中に、何の憂いもなく飛び込んでいけたなら。愛猫としてずっと側にいられたら、どんなに幸せだろう。

しかしリリルーシアは人間で、悪女で、王女エリザベスを毒殺しようとした犯人だと思われているのだ。

いつジェラルドが自分を捨てるか分からない。逃げ出したいと思っていたはずなのに、今はもう、彼に捨てられたくないと……離れたくないと思ってしまっている。

そんな自分が情けなくて惨めで、リリルーシアの足は止まりそうになる。

「リリル。……リリルーシア、大丈夫だから」

本当の名前を呼ばれたリリルーシアは、猫になっても宝石のように煌《きら》めく瑠璃色の瞳をハッと見開いた。

どうして。猫ではないと分かっているのに、そんなに私に優しくするの。涙を溜めるリリルーシアへ向けて、ジェラルドは変わらず微笑んでいた。

「言ったじゃないか。姿形が変わろうと関係ない。お前は俺の愛するリリルだ。お前が人間だろうと、例え悪魔だろうと、俺はお前を愛してる」

ぽたぽたと、リリルーシアの瞳から落ちた雫がシーツにシミを作る。

思えば今までの人生で、こんなにも無条件に、ただただ純粋に、自分を愛してくれた人がいただろうか。

家の全てを背負い、重い責任を押し付けられ、妹の身代わりになって罵倒されてきたリリルーシアの人生。

ずっと暗闇の中を彷徨《さまよ》っているようだったリリルーシアは、目の前の金色の瞳を持つジェラルドを正面から見た。

大きく頷いたジェラルドからは、いつも通りの重すぎる愛が変わらずにリリルーシアへと向けられていた。

それがどんな種類の愛情でも、もうどうでも良かった。愛猫に向ける愛であっても、こんなにも温かくて強い想いを向けてもらえるのなら、喜んで受け入れたい。

肉球を踏み出したリリルーシアは、ずっと自分を待ってくれていたジェラルドの胸に飛び込んだ。

鼻先を押し付けて、胸いっぱいに慣れ親しんだジェラルドの匂いを吸い込む。それだけでリリルーシアは、どうしようもない程に安心してしまうのだ。

「考えてみれば、あの日あの場所でお前を拾ったのは、必然だった。ずっと捜していたリリルーシア・キャタウォールがお前だったなんて。そりゃあ見つからないはずだ」

クスクスと笑ったジェラルドは、緊張で冷たくなってしまったリリルーシアをぎゅっと抱き寄せた。

「リリル。約束する。俺が……必ずお前を守ってみせる」

「…………」

「心配しないでくれ。俺はお前を疑っていない。何もかもを明らかにしてみせる。だから、安心してこれまで通り、側にいてくれ」

「…………みゃ、」

頭から背中、尻尾まで。大きな手で撫でられたリリルーシアは、ジェラルドの胸に抱き着くようにして返事をしたのだった。

第八章 ✦ キャタウォール家の令嬢

『リリルーシア、よく聞け。お前はキャタウォール侯爵家の長女、いずれ婿を取り跡継ぎになるのだ。自分の行動には責任を持ちなさい』

『はい、おとうさま』

『リリルーシア。そんなに汚れて何を考えている！　跡継ぎともあろう者が、妹の遊びに付き合って恥を晒すとは何事だ。姉としての責任を持ちなさい』

『もうしわけありません、お父さま』

『お父様、今日の授業は……』

『リリルーシア、お前はもう後継教育を受ける必要がない。我がキャタウォール家はやっと、何年も待ち侘びた男児を授かったのだ。これからは弟の利益になるような良き嫁ぎ先を見つけることだけ考えろ。侯爵家の令嬢としての責任を果たすのだ』

『……はい、お父様』

『リリルーシア、いつまで泣いているんだ。お前は死んだ母に代わり、妹と弟を教育しなければならない。徹底して完璧な令嬢と跡取りに育て上げるのだ。キャタウォール家の女主人代理として責任ある行動をしなさい』

『承知いたしました……お父様』

『ナタリーサ！　危ないわ、そんなところに登ってはダメよ！』

『大丈夫よ、木登りくらい慣れてるもの！　お姉さまったらいちいちうるさいんだから』

『リリルーシアお嬢様、ジョージお坊ちゃまがお嬢様を呼んで泣いてらっしゃいます』

『待って、今行くわ。ナタリーサ！　そこから早く降りるのよ！』

『リリルーシアお嬢様、屋敷の修繕についてなのですが……』

『リリルーシア様！　ナタリーサ様の新しい家庭教師の件で……』

『お嬢様、ジョージお坊ちゃまの教育方針について……』

『待って、ごめんなさい。一つずつ聞くわ。それよりナタリーサを……』

『きゃーーっ！』

『ナタリーサ!!!』

『妹から目を離すなんて、いったい何を考えているんだ!?』

『申し訳ございません、お父様』

『お前のせいで我が家門の大切な娘がキズモノになったではないか！　顔に傷など作って、嫁ぎ先が見つからなければどうしてくれる⁉　嫁ぎ先もない娘を一生養えとでも言うのか⁉　この責任をどう取るつもりだ⁉』

『私は……』

『ひどいわ、お姉さま！　お姉さまが助けてくれなかったから傷ができたのよ！　こんな顔で私、どうやって生きていけばいいの？　キズモノだってイジメられて、お嫁にだっていけないわ！　責任とってよ！』

『ごめんね、ごめんなさい、ナタリーサ……私が何とかするから』

『お姉様、私ね、騎士のサミュエル卿に恋をしたの。あの逞しい腕！　素敵だと思わない？　でも彼には婚約者がいてね、腹が立ったから、ついうっかりその女のドレスをズタズタに引き裂いちゃったの。この傷のせいで悲観的になっちゃうんだわ。これってお姉様の責任だと思うのだけれど……』

『分かったわ、あなたの代わりに謝罪して、補償を出すわ』

『お姉様、私やっぱり伯爵令息のドナルド様が好きだわ。だから、彼の恋人にヘビやカエルを送り付けてあげたんだけど、うちの家門から送ったのがバレちゃったの。私の代わりに責任とってくれる？』

『分かったわ。私がやったことにするから』

『お姉様！　私、運命の相手を見つけたわ！　お姉様の婚約者、ウィリアムよ！　私、彼のお嫁さんになるわ！　だから彼を私に譲ってね』

『ナタリーサ、でも彼は……』

『何よ！　私の顔に傷を付けておいて、自分の幸せばっかり考える気なの？　お姉様には責任感がないのかしら。少しは可哀想な私の身にもなってよ！』

『あなたの気持ちは分かるけれど、ウィリアムはやめた方が……』

『うるさいわね！　私は彼がいいのよ！　いいから私に彼を譲ってよ！』

『分かったわ。あなたが望むのなら……』


『ありがとう、お姉様。おかげでウィリアムは私のものよ』

『リリルーシア！　婚約破棄されただと⁉　この役立たずめ！　家門に泥を塗ることばかりしおって！　妹のナタリーサを少しは見習ったらどうだ⁉　キャタウォール家の令嬢に生まれた責任を考え直せ！』

『はい、お父様……』


『責任を持て』

『責任を果たせ』

『責任をとって』

『責任を考えろ』

『お前の責任だ！』

◇

「……リリル！」

揺り起こされたリリルーシアは、荒い呼吸のまま自分を呼ぶ声の主を見た。

「大丈夫か？　随分うなされていたぞ……悪い夢でも見たのか？」

心配そうな声が降って来て、リリルーシアはその声に心から安堵した。

幼い頃から責任を持てと繰り返し刷り込まれ、家族を守ることと家門のために果たすべき責任ばかりを考えてきたリリルーシア。

母が死んでからは尚更、妹と弟のために、父のために、家族のために、と過ごしてきた。

だからリリルーシアは、忘れていた。誰かに心配され、守られ、愛される。そんな当たり前の幸福を。

「リリル……そんなに不安そうな顔をしないでくれ。ここには俺しかいない。お前を不安にさせるものも、お前に害をもたらすものも何もない。あったとしても必ず俺がお前を守る。だからどうか、安心してくれ」

「……にゃぁ」

弱々しく鳴いたリリルーシアは、何度も自分の体を撫でていくジェラルドの手に、泣きたくなるほど安心してしまった。

リリルーシアが猫ではないと知った今でも、何一つ変わらないジェラルドの温もり。

嗅ぎ慣れたジェラルドの匂いを胸いっぱいに吸い込んだリリルーシアは、喉をゴロゴロと鳴らしながらジェラルドの胸にすり寄り、何度も何度も頭を押し付けた。

「っ……!?」

驚いたジェラルドが手を止めると、リリルーシアは催促するようにジェラルドの手に顔を寄せ、そのザラついた舌でペロリと舐める。

それが淑女らしからぬ行動だとは分かっていても、人間であることがバレているのに恥ずかしいと思っても、リリルーシアはジェラルドに触れる自分を止められない。

何よりも、今は素直に彼に甘えてみたかった。

「はうっ……どうしたらいいんだ!?　俺の天使が可愛過ぎて鼻血が出そうだっ……！」

そんな愛猫の愛らしさに身悶えたジェラルドは、震えながら鼻を押さえて、脚をバタバタさせて、のたうち回っている。

（……ふふ。嫌な夢を見たせいで感傷に浸っていたのに。どうしてこの人、私の前ではこんなに残念なのかしら）

瑠璃色の瞳でジェラルドを見上げるリリルーシアは、モヤモヤとした黒い感情が晴れていくのを感じていた。

◇

「ヘンリー！　改めて事件の見直しをする。リリルーシア・キャタウォールが犯人でない可能性を徹底的に調べろ！」

「どうしたのですか、急に？」

翌日ヘンリーは、愛猫を抱いて意気込んでいる王太子に驚きながらも二人（一人と一匹）を見た。

満面の笑みの幸せそうなジェラルドと、心なしか疲れているような王太子の愛猫。

一晩でいったい何があったのか……

首を傾げるヘンリーに、ジェラルドは真面目な顔で説明を始めた。

「考えてみてくれ。お前がエリザベスに毒を盛った犯人だとして、わざわざ全ての真相を知るエリザベスが目覚めるように治療したりするか？」

「はあ？　質問の意図がよく分かりませんが、そんなことをする愚かな犯人はいないでしょう」

「そうだろう。だから、リリルーシア・キャタウォールが犯人である可能性は低い。いや、絶対にあり得ない」

　そう言い切ったジェラルドは、愛猫を見た。

　事件の捜査を担う立場の王太子であり、被害者エリザベスの兄でもあるジェラルドが、自分の潔白を信じてくれている。そのことに感動したリリルーシアは、瑠璃色の瞳を輝かせてジェラルドを見上げていた。

　目と目で通じ合うかのような一人と一匹についていけないヘンリーは、わざとらしく溜息を吐いた。

「はぁ……とうとう狂いました？　全く殿下の仰っている理屈が分からないのですが」

　長年ジェラルドの側に付いているヘンリーにさえ理解できないことを言い出したジェラルド。

　しかし彼は、自信満々に胸を張って言った。

「そういうわけで、まずはキャタウォール侯爵家に行こう」

「支離滅裂ですが、事件のことでキャタウォール侯爵家を調べるというのはいい考えですね。あの姉妹はどうも怪しいですから。……特にあの被害妄想の激しい妹の方は」

　先日のナタリーサの発言を根に持っているヘンリーは、低い声で呟くと。早速侯爵家へ向かう準備を始めた。

「みゃお、みゃ、」

二人の会話を聞いていたリリルーシアが、何かを訴えるようにジェラルドの膝をポンポンと叩く。

「ん？　どうしたリリル、お前も行きたいのか？」

ジェラルドの言葉にリリルーシアは、その小さな頭で一生懸命にこくこくと頷いた。ピンと伸びたヒゲとふわふわの耳が、リリルーシアの頷きに合わせて揺れる。

「かっ……！　可愛すぎる！　なんて可愛いんだ、俺の天使は！　勿論だとも。お前が行きたいなら、どこへだって連れて行ってやる」

愛猫から強請《ねだ》られたジェラルドは、その愛らしさに射抜かれながら、負けじと大きく頷き返したのだった。

◇

「……本当にお猫様を連れて行くのですか？」

「ああ。当たり前じゃないか」

馬車の中でジェラルドは、膝に乗せたリリルーシアを当然のように撫でていた。

「何が当たり前なのです」

頭を抱えたヘンリーに対して、ジェラルドは胸を張った。

「俺とリリルは決して離れられない。どこに行くにも一緒なのは当たり前だろう」

いつもの愛猫狂いが発動したジェラルドに対して、ヘンリーは頭痛がしてきた。

「いくら鈴があるとは言え、逃げ出したりしたらどうするおつもりですか」

「絶対にそんなことにはならない。なあ、リリル？」

自信満々なジェラルドが、リリルーシアの瞳を覗き込むように見つめる。

「にゃー」

（そうね。逃げたって行く当てもないもの。それに……あなたの側にいると約束してしまったし）

「そうだろう？　心配しなくても大丈夫だ。俺が必ずお前の無実を証明して、名誉を挽回させてやるからな」

「にゃ……」

（ありがとう）

瑠璃色の瞳でゆっくりと瞬きをするリリルーシアを見て、嬉しそうに目を細めるジェラルド。

リリルーシアは、心からジェラルドに感謝していた。

あの事件以来、猫の姿で王宮にいたリリルーシアは、家門のことが気がかりでならなかったのだ。

父や弟、使用人達。彼等に迷惑を掛けていたらと、気が気ではなかった。だからこそ、どうしてもジェラルドについてきたかった。

それをあっさりと許してくれた王太子に、リリルーシアは感謝を示したかった。だから、ジェラルドの膝の上でグッと体を伸ばし、その滑らかな頬をペロリと舐めてみた。

「はっ！　リ、リ、リリル！　なんてことを！」

舐められた頬を押さえたジェラルドは、黄金の目をまん丸にして愛猫に目を向けた。

「そんなに可愛いことをして、俺を殺す気なのか⁉　嬉しすぎて爆発したらどうしてくれるんだ！」

理不尽な説教をされたリリルーシアは、可笑しくなりながらもジェラルドへ向けて言い返した。

「うにゃにゃ」

（いちいち大袈裟なのよ。いくらなんでも騒ぎすぎだわ）

「仕方ないだろう。お前が愛らしすぎるのが問題なんだ。可愛いが罪だとしたら、お前は即刻死刑だぞ！」

叫んだジェラルドは、早口でリリルーシアにまくし立てる。

「頼むからその愛らしさの濫用はやめてくれないか。可愛すぎて心配になってくる。街中で攫《さら》われたりしたらどうする気だ⁉　あーダメだ、まだドキドキしてる。このままじゃ心臓がもたない」

「ゥニャッ⁉」

ぎゅうっと抱き締められたリリルーシアは、本当にドキドキしているジェラルドの鼓動を感じて変な鳴き声をあげた。

「にゃう、にゃ、にゃ」

（ごめんなさい、そんなに驚かせる気はなかったの）

ジェラルドを見上げて耳を下げるリリルーシアに、ジェラルドは優しく首を振った。

「いや、大丈夫だリリル。俺も少し言いすぎた。ほんのちょっとだけ、嬉しさが限界突破しただけなんだ。だからまたペロッとしてくれないか？」

「みゃっ」

（考えておくわ）

急に恥ずかしくなってきたリリルーシアがプイッと顔を逸らすと、そんな愛猫を愛おしげに見つめていたジェラルドは、そのモフモフでサラサラでフワフワな体を撫でてやる。

一連のやり取りを見ていたヘンリーは、人知れず静かに頭を抱えていた。

「殿下はお猫様と会話するまでになりましたか。そうですか。あー、はいはい。いつかこんな日が来るとは思ってましたよ……」

ブツブツと呟くヘンリーは無視して、ジェラルドは目的地に着くまで、膝の上で大人しくしている愛猫を撫で続けたのだった。

◇

キャタウォール家の当主、リリルーシアとナタリーサの父であるキャタウォール侯爵は、猫を伴い突然やって来た王太子の来訪に、見るからに不機嫌そうな顔をしていた。

　その感情がよく表現された形だけの出迎えは、それはそれはお粗末なものだった。形だけは応接室に通されたものの、お茶ひとつ出される気配もない。

「突然来られましても、大した歓迎もできませんので困りますな」

　猫を連れた王太子に軽蔑の視線を向ける侯爵の態度に、ヘンリーは目を眇める。

「悪いな、侯爵。そなたの令嬢のことで聞きたいことがあって来たのだ」

　背後手《うしろで》でヘンリーを制し、悪びれるふうもなくジェラルドがそう言うと、侯爵の顔は余計に不機嫌さを増した。

「リリルーシアのことでしたら知りません。あんな性悪女は私の娘ではありません。今回のエリザベス王女殿下毒殺未遂騒動で我が家門にも相当な打撃がありましてね。アイツは正式に除籍する予定です。ですから我がキャタウォール家に対する処分はお考え直しください。国王陛下にもその件はご相談しております」

　憎々しげに娘の名前を吐き捨てる侯爵。ジェラルドは、大人しく座って侯爵を見上げる愛猫を気遣いながら、家門の潔白を主張する侯爵に対峙した。

「その件に関しては、時期尚早ではないだろうか。リリルーシアが事件の重要参考人であることに間違いはないが、まだ彼女が犯人と決まったわけではない」

　ジェラルドの話を聞いた侯爵は、幼い子供を相手にしているかのように、面倒そうにヤレヤレと首を振った。

「ハッ！　何を言うかと思えば、王太子殿下ともあろうお方が嘆かわしい。……犯人はリリルーシアに決まっているではありませんか」

ジェラルドへの無礼な態度を見て剣に手を伸ばしたヘンリーを、ジェラルドはそっと止めた。

そして侯爵に向き直ると、娘が犯人だと断言する彼に対し、注意深く問い掛ける。

「どうしてそう言い切れる？」

王太子の声の冷たさなど気にも留めず、早く厄介な客を追い出したい侯爵は早口に答えた。

「あれは普段から悪行を重ねてましたからね。使用人達の誰もが証言しましょう。全てはリリルーシアの独断で、暴走です。私は関係ありません」

自分は無関係だという態度を貫く侯爵を、ジェラルドがさらに問い詰める。

「では、侯爵を始めとしたキャタウォール家は、リリルーシアが普段から悪事の数々を行っていたと言うのだな？　その根拠は？」

「はあ……。おい、そこの。誰でもいいからリリルーシアの悪事を証言しなさい」

侯爵がすぐそこにいたメイドに目を向けると、明らかに動揺したメイドが小さく呟いた。

「お、お嬢様はソマリ家のご令嬢やアビシニアン家のご令嬢への嫌がらせの数々について、自分でやったとお認めになりました……」

「……本当に、リリルーシアの仕業だったのか？　君たちは、リリルーシアが実際に悪事を働いたところを目撃したと？」

「そ、それは……！」

王太子に詰問されたメイドは震えながら目を逸らし、服の裾を握りしめて黙り込んだ。

　ジェラルドが周囲を確認すると、他の使用人達も一様に目を逸らしている。どう考えても何か怪しい。

　しかし、使用人に興味のないキャタウォール侯爵はそう思わなかったらしい。

「これでハッキリしましたでしょう。あの娘はどうしようもない悪女なのです。小さい頃はまだマシだったのに、どこで育て方を間違ってしまったのか。あれが王女殿下の件に関係していたとしても、リリルーシアとは縁を切りますので我が家門を巻き込まないでいただきたいです」

　どこまでも図々しい侯爵にヘンリーは今度こそ剣を抜きそうになるが、ジェラルドが目でそれを制した。

「そうか。リリルーシアとは縁を切る……か。心に留めておこう」

　ジェラルドは、大人しく座っていた愛猫を丁寧に抱き上げ、腕の中の愛しい存在をひと撫でした。

　その様子を汚《けが》らわしそうに見つつも、侯爵は口先だけの礼を述べる。

「有り難いお言葉です、流石はお話の分かる殿下。それではもう我が家に用はないでしょう。お気を付けてお帰りください」

　侯爵はそう言うと、使用人に合図して扉を開けさせた。

「ああ。邪魔をしたな」

　さっさと追い返したい意図が丸見えの侯爵の言葉にも態度にも、ジェラルドは怒りを見せずに踵《きびす》を返した。

「殿下。侯爵とは言え、あのような態度を見逃してよろしかったのですか？」

苛立ちを滲ませたヘンリーが問えば、ジェラルドはニヤリと笑う。

「よくはないな。侯爵の態度は目に余る。しかし今は泳がせておくのが得策だ。俺に考えがある」

と、馬車に向かう途中で。ジェラルド達は後ろから呼び止められた。

「あの、王太子殿下。無礼を承知で申し上げます。少しだけお時間をいただけないでしょうか」

侯爵の目を盗みジェラルドにそっと声を掛けて来たのは、リリルーシアの弟、ジョージ・キャタウォールだった。

第九章　姉弟の絆

「あとで向かいますので、ここで待っていてください」

屋敷では父の目があるからと、リリルーシアの弟であるジョージは市街のとある路地で落ち合いたいと王太子にメモを渡した。

その言葉を受けて指定された場所に来たジェラルドとリリルーシア、ヘンリーは、ジョージが来るのを待つ。

そんな時にジェラルドがやることと言えば、折角ここまで連れてきた何よりも愛しい愛猫を愛でること一択。

「はあ……。外で見るお前はまた格別に可愛いな。何だこの光を反射させる真っ白な毛は。サラサラで柔らかくて綺麗で温かくてモフモフだなんて最強じゃないか」

王族特有の金色の瞳が、間近で舐めるようにリリルーシアの耳の先から尻尾の先までを見つめていく。

「このピンと尖った耳。この賢そうなヒゲ。ピンク色の小さな鼻。キラキラと輝く瞳。柔らかく滑らかな肢体。妖艶で美しい尻尾。見れば見るほど、どこもかしこも可愛い。何時間でも見ていられる」

ジェラルドに両脇を持たれてなす術のないリリルーシアは、遠い目をして心を無にしていた。

「……殿下。先程から残念な独り言が漏れていますよ」

見かねたヘンリーが指摘すれば、ジェラルドは悲痛に叫ぶ。

「仕方ないだろう！　口に出さずにはいられないほど可愛いんだ。可愛いものを可愛いと言って何が悪い！　こんなに可愛いんだ、どうやって愛でずにいろと？　いや、愛でずにはいられないだろう！　ああ、世界一愛しい。可愛い。愛してる、リリル」

「うにゃッ」

ヘンリーの前で顔や頬を撫で回され、残念なスイッチの入ったジェラルドからあちこちにキスの雨を落とされたリリルーシアは、それはそれはもう羞恥に震えていた。

かと言ってこんな街中で逃げるわけにもいかず。ただただジェラルドの膝の上で耐えるしかない。これが本当に恥ずかしい。

（なんで⁉　殿下は私の正体を知ったはずなのに、それでもこの溺愛攻撃をしてくるの……⁉　正気？）

「ニャーウ！」

（恥ずかしいからやめて！）

ジェラルドの惜しみない愛にリリルーシアが悶え叫んでいると。ふと、路地の奥で黒い影が動いた。

「誰だ⁉」

気配の方に鋭い目を向けたヘンリーが、息を呑む。

「なんだ、ここにも猫がいるじゃないか！」

にゅるりと物陰から現れた野良猫に、興奮したような声を上げたのは他でもないジェラルドだった。

すかさずヘンリーの呆れた声が飛ぶ。

「また始まった……殿下。殿下にはもうお猫様がいるではありませんか。猫と見れば何でも飛び付いて。節操がないと思われますよ」

ジトっとしたその視線を受けて、咳払いをするジェラルド。

「オホン。勿論、世界一可愛いのは俺のリリルだ。うちの子が一番可愛いに決まっている。それは世界の真理であり永遠に変わることのない真実だ。しかし、他の猫もリリル程ではないが可愛いのは間違いないだろう？」

「またよく分からない屁理屈を……」

ヘンリーは頭を抱えた。王太子ジェラルドが愛猫を迎え入れてから、ヘンリーは一日に十回は頭を抱えている気がする。

ジェラルドからの重すぎる愛を浴びせられ、人間の姿であれば確実に全身茹蛸《ゆでだこ》のように赤くなっているであろうリリルーシア。

そんな愛猫を抱いたままのジェラルドは、寄ってくる猫達を見て最初はホクホクと幸せそうだった。しかし、次第に様子がおかしいことに気付く。

「それにしても……少々寄って来すぎな気がしないか？」

ジェラルドの怪訝《けげん》そうな声音に反応したヘンリーが、次から次へと寄ってくる猫達を見る。

「そうですね。それも雄猫ばかり……」

よくよく見れば、集まってくるのはどれも雄猫だった。ヘンリーは眉を寄せて首を傾げた。

「ナーオ」

向かって来た雄猫たちが普段は聞かないような鳴き声を上げ、他の猫も次々に似た声を上げ出す。その中心にいたジェラルドは心底驚いた。

その腕の中にいたリリルーシアも、耳をピクンと動かしてジェラルドの腕に掴まる。何だか嫌な予感がする。

「こ、これは？」

動揺するジェラルドを他所に、ヘンリーはこの状況を観察してあることに思い至った。

「ああ、なるほど。この雄猫達は、殿下のお猫様に発情しているのではありませんか？」

「………は？」

ヘンリーの言葉に、ジェラルドが固まる。

「殿下のお猫様は確かに稀に見る美猫ですから。お上品で頭も良い妙齢のレディです。雄猫達が寄ってくるのも無理はありません」

なんだかんだで〝王太子殿下の愛猫様〟に肩入れしている様子のヘンリーが納得したように頷く間も、ジェラルドは間抜けな顔で固まっていた。

「…………は、はつじょう？」

「ニャニャ」

（勘弁して欲しいわ）

ギラギラした瞳で自分を見上げる雄猫達を見下ろしながら溜息を吐くリリルーシア。そんなリリルーシアを腕に抱いたままだったジェラルドは、スッと立ち上がると表情を失くして雄猫達から距離を取った。

「殿下？」

「ヘンリー……。どうしよう」

「いかがいたしました？」

心配そうなヘンリーに、ジェラルドは戸惑いながら告げる。

「……俺は今、生まれて初めて猫が憎たらしくなった」

「それは……！　重症ではないですか！」

息を呑んだヘンリーは、これまでの猫好きを通り越した猫狂いな王太子の奇行の数々を思い出し、青褪めた。

あんなに猫命のこの王太子が、猫を憎たらしいと言うだなんて。普通ではない。病気か？　熱でもあるのでは？

「ああ。まさか猫に対してこんな感情を抱く日が来るなんて。いや、確かにこの猫達も可愛いとは思うんだ。さっきまでは、愛らしくて撫でまわしたいとさえ思っていた。しかし、俺のリリルをそんな目で狙っている雄がいるかと思うと……」

　それを聞いたヘンリーは、ハッと口を押さえて後退った。

「まさかとは思いますが殿下、猫相手に嫉妬ですか？」

「…………」

　否定せず、より強く愛猫を抱き締めるジェラルドに、数秒前まで王太子のことを心配していたヘンリーは、心底呆れ果てたのだった。

◇

「遅くなり申し訳ございません。父の目のあるところではできない話でしたから。王太子殿下の貴重なお時間をいただき感謝いたします」

　顔を上気させてやってきたジョージは、父とは違い礼儀正しくジェラルドに頭を下げた。

「ああ。こちらこそ、話を聞かせてもらえて有り難い。それで、君の話とは？」

　恐縮するジョージの前で威厳のある態度を見せるジェラルドだが、この王太子がつい先程まで愛猫を狙う雄猫相手に嫉妬を顕にしていたのを知っているヘンリーとリリルーシアは、笑いそうになるのを何とか堪えた。

「まず、先程の使用人達のことはお許しください。皆、リリルーシア姉上のことが好きなのです。姉上が嫌がるだろうからと、その想いを汲み取ってあのように証言していましたが、本当は父上以外の屋敷の者達は皆知っています」

そこで一度言葉を切ったジョージは、真剣な眼差しで話を聞いてくれる王太子へと、真っ直ぐな目を向けた。

「リリルーシア姉上は、無実です」

それを聞いたジェラルドは、目の前の少年に向けて頷いてみせた。戸惑った様子のヘンリーもまた、笑みを消し去りジョージに問い掛ける。

「それはいったい、どういうことでしょうか……？」

呼吸をおいたジョージは、改めて自分の想いを口にする。

「僕は……リリルーシア姉上には返し切れない恩があります。だから、例え姉上が望んでいなくても、このまま姉上が汚名を着せられ続けるのを見ていたくありません」

ジョージは幼さの残る顔に苦しさを載せて言い募る。

「と、言うと……？」

リリルーシアを抱いたままのジェラルドが、ジョージを見下ろし問い掛けた。

「僕の知っていることを全てお話しします。これまでリリルーシア姉上がやったとされてきた悪事の数々は、リリルーシア姉上ではなく、ナタリーサ姉上がやったことです」

「なっ……!?」

驚くヘンリーの横で、ジェラルドは愛猫の頭をくりくりと撫でる。

〝王太子殿下の愛猫様〟は、話を聞きながらその瑠璃色の瞳で目の前の少年、ジョージ・キャタウォールを静かに見つめていた。

「ナタリーサ姉上は結婚する前、いつも僕にキツく当たっていました。自分は姉であり、か弱い女であり、傷を持った可哀想な娘……そんなことを盾にして、ナタリーサ姉上は僕を見下し時には暴力まで振るうこともありました。そんな時、いつも僕を助けてくれたのが、リリルーシア姉上だったのです」

ジョージから語られた内容は、事情を知らないヘンリーにとっては衝撃であり、何かを察していたジェラルドにとっては遣る瀬無いものだった。

小さな拳を握り締めたジョージは、さらに言葉を続ける。

「リリルーシア姉上が悪女を演じていたのは、ナタリーサ姉上の為です。リリルーシア姉上は、ナタリーサ姉上が〝キズモノ〟と揶揄されることのないように、自ら悪役を演じ周囲の悪い視線を自分に向けていたんです」

「……何故、リリルーシアはそんなことを？」

ジェラルドは、ジョージをジッと見つめる愛猫の丸い後頭部を見ながら疑問を口にした。

「僕のせいなんです。僕が、生まれてこなければ……」

王太子の問いに答えるジョージの言葉は、悲痛に満ちていた。その様子にジェラルドとヘンリーは、そっと目を合わせる。

「僕が生まれる前、姉上はキャタウォール家の跡取りとして育てられていました。その頃には母上も存命で、姉上は跡取りとなるべく熱心に勉強されていたそうです」

ジェラルドの腕の中で、白い猫がグッと身を固くした。それに気付いたジェラルドが、その丸い頭を優しく撫でる。

「それが……僕が生まれて、全てが狂いました。父上は男児である僕を後継者に指名し、それまでずっと跡取りとしての教育を受けてきた姉上を蔑ろにするようになりました。そして、僕を産んだことで体の弱った母上は亡くなり、母上の役割を担わされるようになったのがリリルーシア姉上でした」

　成長途中の少年であるジョージを見ながら、ジェラルドは眉を寄せて問い掛けた。

「……君とリリルーシアの歳が離れているとは言え、当時は彼女もまだ子供だったはずだ。にもかかわらず、侯爵は彼女にそんな重荷を背負わせたのか？」

　何度も腕の中の猫を撫でるジェラルドの問いに、ジョージは静かに頷く。

「そうです。そして、リリルーシア姉上が、ナタリーサ姉上に怪我をさせたと言うのは真実ではありません」

　リリルーシアが悪女だと噂されてきた一番の要因である、妹ナタリーサの傷。その傷の秘密を、ジョージは初めて口にした。

「使用人達の話では、あれはナタリーサ姉上が自分で木から落ちた事故だったんです。でも、父上は妹の世話を疎かにしたとリリルーシア姉上を責めました。そして姉上自身も、ナタリーサ姉上も、リリルーシア姉上に責任があると思い込むようになったんです！」

　ジョージの叫びには、悔しさと怒りが滲んでいた。

「……ジョージ」

「……」

「リリルーシア姉上は、悪女なんかじゃありません」

涙声の少年を前に、ジェラルドもヘンリーも、何も言えなかった。

「僕のせいだ。僕が、生まれてこなければ……」

ぽとり、とジョージの瞳から涙が落ちるのと同時に、ジェラルドの腕の中から飛び出した白い猫が、少年の前に座り込み、前足を上げてその膝に触れた。

「みゃ、みゃう、みゃー」

「え……？」

「君のことを慰めているんだろう。リリルは優しい子だから」

戸惑うジョージに説明してやりながら、ジェラルドは熱心な愛猫の隣に立った。

「一つだけ言わせてもらえば、君がいなくなって一番悲しむのは誰か、考えてみるといい」

そして真っ直ぐな瞳をジョージに向けて、そう言った。

王太子の言葉に、ジョージが思い浮かべたのは、他でもない姉、リリルーシアだった。目の前の猫の瞳が姉と同じ色だからだろうか。

姉のあの瑠璃色の瞳が、怒りながらも悲しみに濡れて自分を見ているようだった。

「その人はきっと、君のことを心から愛しているはずだ。その人が君の今の言葉を聞いたらどう思うか、今一度考えなさい。そうすればもう二度と、そんなことは言えないだろう」

「にゃあ」

同調するように頷く王太子の愛猫は、その瑠璃色の瞳をジョージに向け続けている。どこか切羽詰まったような必死なその瞳が姉と重なり、ジョージは滲んだ涙を拭った。

「殿下の仰る通りです。僕がどうかしていました。もうあんなことは言いません」

涙を拭ってそう言ったジョージの小さな頭を、ジェラルドは愛猫にするのと同じように撫でてやった。

「ああ。それがいい」

「みゃ！」

先程から息ぴったりの王太子とその愛猫に、少しだけ笑みを漏らしたジョージは、改めて強い瞳をジェラルドに向けた。

「とにかく、僕が言いたかったのは……そんな心の優しい姉上が、王女殿下に毒を盛るはずがありません。そもそもリリルーシア姉上は、ウィリアム公子を愛してなどいなかったのです。むしろ、二人がうまくいくように協力していました。だからリリルーシア姉上がナタリーサ姉上に嫉妬する理由などないのです」

涙の消えたジョージの瞳は、姉を想う立派な弟の力強さを宿している。

「なるほど。確かに、君の言葉が真実なら、リリルーシアには動機が全く無いな」

「それに僕、聞いたんです。王宮に行く前、ナタリーサ姉上がリリルーシア姉上のところに訪ねて来て、一緒に王女殿下に謁見するよう頼み込んでいました」

ジェラルドはジョージの話を聞いて眉を寄せた。

「つまり、エリザベスに会いたいと言い出したのはリリルーシアではなく、ナタリーサ・ポーパッズだったと言うことか？　そして二人は事件当日事前に会っていた。世間が言うようにリリルーシアがナタリーサを毒殺しようとするならば、わざわざ王女の前で行うよりもずっと確実な機会があった……というわけだな」

「そうです。間違いありません」

力強く言い切るジョージを見て、ジェラルドは一連の話を黙して聞いていたヘンリーと目を合わせたのだった。

◇

「ヘンリー、お前はどう思う？」

ジョージに別れを告げた帰りの馬車の中で、ジェラルドに訊ねられたヘンリーは顎に手を当て考え込んでいた。

「……殿下の仰る通り、リリルーシア・キャタウォールが無実である可能性が高いかもしれません」

「お前もそう思うか」

考えをまとめたヘンリーは、王太子に向き直って大きく頷いた。

「はい。以前直接会ったナタリーサ・ポーパッズの証言は、信憑性に欠けるものでした。そしてその態度は非常に疑わしかった。これまでの噂が虚像で、ナタリーサ・ポーパッズの行動に問題があるとしたら。王女殿下の毒殺を企てた真の犯人は、失踪した姉のリリルーシア・キャタウォールではなく、事件の唯一の目撃者とされる、妹のナタリーサ・ポーパッズの方ではないでしょうか」

　側近であるヘンリーの意見を、王太子ジェラルドは真剣な表情で受け止めた。

「俺もそう思う。城に戻り次第、ナタリーサ・ポーパッズの周辺を徹底的に洗い出せ」

「承知しました。ですが殿下、この場合、姉のリリルーシア・キャタウォールはどこに行ったのでしょうか……？　考えたくはないですが、妹のナタリーサが犯人の場合、事件に巻き込まれている可能性があるのでは？」

　ヘンリーの疑問に、ジェラルドは横目で愛猫を見た。ジョージの涙を見てから呆然としているリリルーシアの背中をそっと撫でてやりながら、ジェラルドはさらりと答える。

「その件に関しては心当たりがある。それよりも、エリザベスさえ目覚めて証言をしてくれたら全て解決なのだが……」

　馬車の外に目を向けたジェラルドは、妹が眠る王宮の方を見ながらポツリとそう溢《こぼ》す。

「……そうですね。王女殿下はお猫様のお陰で回復に向かっていますし、事件の真相が明るみに出るのも時間の問題です。それまで我々は出来る限りの調査をしましょう」

　ヘンリーもまた、王女エリザベスのことを想って決意を新たにする。

「そうだな」

馬車に揺られながら、相変わらず眠り続ける妹に思いを馳せるジェラルド。その隣には、何よりも愛おしく愛らしい存在がいる。

（お前にリリルを紹介したら、どんな反応をするだろうか。念願の俺の愛猫を、お前も気に入るはずだ。他にも話したいことがたくさんある。だからどうか、早く目覚めてくれ、エリザベス）

第十章 ◆ 愛猫の心得

街中に愛猫を連れ出し味を占めた王太子は、それ以降、堂々と自慢の愛猫を公務にまで連れ歩くようになった。

「王太子殿下、お猫様、おはようございます」

「殿下、本日もお猫様のご機嫌麗しく……」

「ジェラルド殿下！　お猫様は今日もお美しくいらっしゃいますね！」

　エリザベス王女毒殺未遂事件から一カ月が過ぎ、〝王太子殿下の愛猫様〟としてすっかり有名になったリリルーシアは、どこへ行ってもジェラルドとセットで声を掛けられるようになってしまっていた。

　人間だった頃、悪女として人々から嫌厭され遠巻きにされてきたリリルーシアにとって、他人から好意をのせた目を向けられるのは、なかなか慣れないものだった。

　リリルーシアが不思議な力を持ち、王女エリザベスの治療に携わっていると知った者は、小さな白猫に対して畏敬の念すら抱いている。

　ジェラルドがリリルーシアを連れ歩けば連れ歩くほど、王宮内でのリリルーシアの人気はさらに加速し、〝王太子殿下の愛猫様〟の前には人だかりが絶えないほどだった。

「おお、リリル！　今日も可愛いなぁ」

「この白くてフサフサの尻尾に、モフモフの体！　癒されるわぁ！」

「そろそろいいでしょう。リリルを返してください」

とうとうジェラルドの両親である国王と王妃までもがリリルーシアを撫で回すようになり、エリザベスの一件で重苦しい空気に包まれていた王室は少しずつ明るさを取り戻していた。

今日もジェラルドが両親の元にリリルーシアを連れてきたことで、二人はご満悦のようだった。

特に最近まで、エリザベスが倒れたショックで寝たきりだった王妃は、リリルーシアの愛らしさの虜《とりこ》になり元気を取り戻していた。

それどころか、ことあるごとに愛猫を譲るようジェラルドへ言っては断られたりしている。

「もうちょっとくらい抱っこさせてくれてもいいでしょうに。ねえ、ジェラルド。貴方、公務でなにかと忙しくてお世話するのが大変でしょう？　やっぱりリリルちゃんを私にくれない？」

「絶対にダメです、母上。何があってもリリルだけは譲りません」

何を言っても首を横に振る鉄壁のジェラルドに、苦笑する王妃。冗談半分と分かっていながらここまで頑なな態度を見せられると、つい揶揄ってしまいたくなるのだ。

「おほん。して、ジェラルド。その後調査の方はどうだ？」

いつもの妻と息子のやり取りを横目に、思う存分リリルーシアのモフモフ毛並みを堪能し満足していた国王が、父の顔になり王太子を見やる。

「色々と進展はあります。が、まだ不確定な部分もあり、もう少しお時間をいただきたいです」

「そうか……なんでもリリルーシア・キャタウォールが犯人ではない可能性がある、という驚きの報告が上がってきたようだが」

王妃に撫でられていたリリルーシアは、自分の名前が出たことでピクンと耳を動かした。

「その通りです。俺は、彼女が無実だと思っています」

あまりにも堂々と宣言する王太子。驚いてジェラルドを見上げたリリルーシアに、彼は優しく微笑んでみせた。

息子の自信に溢れたその瞳を見ていた国王は、一瞬だけ考え込んでからジェラルドへ顔を向ける。

「この件はお前に一任している。なんとしても犯人を見つけてくれ」

「はい。必ず、エリザベスに毒を盛った犯人に罪を償わせます」

事件当初、激昂してリリルーシアを指名手配するよう指示した国王だったが、ジェラルドの態度に思うところがあったのか、それ以上は何も追及しなかった。

ホッと胸を撫で下ろしたリリルーシアの前に、再び国王の影が差す。

「エリザベスも、リリルのお陰で回復しているというじゃないか。お前のお陰で王妃も笑顔を取り戻した。リリルは我が王室の救世主だな」

頭をくりくりと撫でられたリリルーシアは、その擽ったさに思わず鳴いてしまった。

「にゃー」

◇

「すっかり人気者になってしまいましたねぇ、我等がお猫様は」

王太子宮へと戻りながら、ヘンリーはジェラルドの横を大人しく歩くリリルーシアを見下ろして、感慨深げに呟いた。

「まさか、あの日殿下が拾ったボロボロの猫が、こんなに愛されるロイヤルキャットになるだなんて。王女殿下の事件の日にあの場所で出会ったのは、不思議な縁でしたね」

ヘンリーの言葉を受けたジェラルドは、満面の笑みを漏らす。

「俺とリリルは運命で繋がっているからな」

胸を張ってそう言うと、ジェラルドは隣を歩くリリルーシアに手を伸ばした。

素直にその手に捕まったリリルーシアは、ジェラルドの腕に抱かれながら足を休める。猫の体で広い王宮を移動するのは大変なのだ。

抱っこしてもらえるのなら、その方が楽で助かる。

「にゃにゃ」

（ありがとう）

猫の鳴き声でお礼を言うリリルーシアに、耐え切れなくなったジェラルドは何度も何度もキスをする。

「ブニャッ⁉」

「ああ！　リリル！　お前は相変わらず可愛いな！　天使が舞い降りたのかと思ったら、俺のリリルだった。こんなに可愛かったら誰かに攫われてしまうかもしれない。よし。リリル、これから移動する時は常に抱っこにしよう」

　リリルーシアが人間であることを唯一知っているはずなのに、それでもジェラルドは、変わらずの溺愛をリリルーシアにくれる。ヘンリーは呆れることを諦めたのか、もはや微笑ましい表情で王太子とその愛猫を見ている。

　重たくて残念なその溺愛に疲れた目を返しながら、それでもリリルーシアはゴロゴロと喉が鳴り、嬉しさを隠すことができなかった。


「今日はバケツのようなプリンですか……」

　ランチとしてジェラルドの前に運ばれてきた巨大なプリンに、ヘンリーはヤレヤレと首を振る。極度の甘党で、甘いもの以外は好き嫌いの激しいジェラルド。

　側近であるヘンリーは、そんな王太子の食生活を心配していた。

　しかし、当の本人が頑ななため、仕方なく甘味を用意してきたヘンリー。

「少しは普通の食事も召し上がってください」

「うーん……しかし、せっかく甘いものが食べられるのに、わざわざ違うものを食べるのは勿体なくないか？」

よく分からない理屈を繰り出すジェラルドに、ずいっとサラダの皿が差し出される。

その皿を差し出す相手を見たジェラルドとヘンリーは、ポカンと口を開けた。

「うにゃ。にゃ」

(ほら、食べて)

そこには大きな瑠璃色の瞳で真っ直ぐにジェラルドを見つめるリリルーシアがいた。

「……前から思っておりましたが、お猫様はまるで人間の言葉を理解しているかのような行動をしますよね」

「それほど俺の天使は頭が良いんだ。そして優しい。こんなに最高な存在が他にいるだろうか」

またもやいつもの大絶賛が始まる中、リリルーシアはジェラルドの前に再びずいっと皿を差し出す。

「ニャニャ、うにゃ。ニャ」

(好き嫌いしないで、ちゃんと健康に良いものを食べて)

顔を押し付けて皿を押し出すその仕草があまりにも可愛くて、ジェラルドは目尻を下げながら素直にサラダへと手を伸ばしたのだった。

「やはりお猫様は違いますね。あの殿下に甘いもの以外を食べさせるなんて。これからも是非お願いします」

そうしていつの間にかリリルーシアは、王太子の愛猫でありながら王太子のお世話をする平穏な日々を過ごしていた。

「リリル、休憩だ！」

溜まった書類仕事をこなしていたジェラルドは限界が来たのか、ペンを置くと執務室の一角に作った愛猫用スペースで寛《くつろ》ぐリリルーシアに声を掛けた。

「にゃっ」

心得たとばかりに鳴いたリリルーシアは、小さくてふかふかの猫用ソファからぽんっと飛び降りると、ぽてぽてと王太子の執務室を横切りジェラルドの元へ歩み寄る。

座った状態のジェラルドがバッと両腕を広げれば、空いた膝の上に飛び乗るリリルーシア。

「お猫様は本当に賢いですね。殿下の呼び掛けにすぐ応えてくださるなんて。ここに来たばかりの頃の、戸惑って威嚇していた姿が信じられません」

感心したように呟くヘンリーだったが、その言葉はジェラルドには届いていなかった。

膝に飛び乗ってきた愛猫をぎゅううぅっと抱き締めたジェラルドは、リリルーシアのモフモフの毛並みに顔を埋めて、すー、はー、すー、と吸うのに忙しいのだ。

「……にゃぁ」

（……もう慣れたわ）

抱かれて吸われて撫でられて、ジェラルドのいいようにされながら、リリルーシアは猫の姿で遠くを見ながら溜息を吐く。

リリルーシアが妙齢のレディだと知っているのにこの無体。本来であれば鋭い爪付きの猫パンチ炸裂必至だが、諦めたリリルーシアはされるがままだった。

「ああ……ダメだ。もうなにも考えられない。こんなものを知ってしまったら、これ無しでは生きていけない。一生吸っていたい。死ぬほど幸せだ。あー癒される……」

「殿下、大丈夫ですか？　変な薬をやっているわけではありませんよね？　殿下が吸っているのはただのお猫様ですよね？」

　流石に心配になってきたヘンリーが問えば、ジェラルドはリリルーシアの真っ白な毛並みの間から、ギロリと側近を睨み付けた。

「なんだヘンリー、俺の至福タイムを邪魔するな」

　ジェラルドが手で追い払うような仕草をすると、大きく嘆息したヘンリーは頭を下げ、王太子の執務室を辞した。

「まったくアイツは気が利かないな。せっかくのリリルとの時間を邪魔するとは。ん？　リリル、どうした？」

　リリルーシアの頭やら背中やらを撫で撫でしていたジェラルドは、ふと愛猫の様子がおかしいことに気付く。

「……これに興味があるのか？」

　リリルーシアが一心に見つめていたのは、ジェラルドが処理中の書類だった。

　王国東部のベンガル領から上がってきたその嘆願書には、近年の洪水による被害の拡大について、対策を求める内容が記されている。

「昔は洪水などなかった地域に、ここ数年洪水の被害が相次いでいるらしい。堤防を作っても、毎年それを上回るベンガル川の氾濫が続いているようで対策が追いつかないようだ」

　リリルーシアがあまりにも熱心に見つめるので、ジェラルドは簡単に説明をしてやった。資料に添付されていた地図を見たリリルーシアは、ふさふさの尻尾をピンと立ててジェラルドを見上げる。

「みゃあ」

　ジェラルドに向かって一声鳴いたリリルーシアは、その膝から飛び降りた。

「リリル？　どこに行くんだ？」

「みゃ、みゃ」

　慌てたジェラルドが立ち上がり追いかければ、いつかのように先を歩いて振り返るリリルーシア。

「そっちに行きたいのか？」

　リリルーシアが向かう方向へついていったジェラルドは、愛猫の可愛い後ろ姿を追いながら廊下を進む。

「なんだ、ここに来たかったのか」

「にゃ」

　ジェラルドを従えて書斎にやってきたリリルーシアは、ぴょんぴょんと本棚の間を飛び移り、その中の一冊を肉球と爪を使って器用に取り出した。

　その本を受け取ったジェラルドがリリルーシアを下ろしてやろうとすると、机の上に飛び乗ったリリルーシアはたしたしと前足で机を叩く。

「これを置けと……？」

　促されるまま本を置いたジェラルドは、ぷにぷにの肉球を使ってパラパラと本を捲《めく》る愛猫の姿に密かに身悶えた。

　やることなすこと、全てが悩殺されるほどに可愛すぎて困る。

　ぎこちない仕草で本を捲る真剣なその横顔が、絵に残しておきたいほど愛らしい。

　宮廷画家を呼ばなければ、とジェラルドが本気で考えていると、目当てのものを見つけたのか、リリルーシアが尻尾でジェラルドの手を叩いた。

「にゃうにゃ、にゃ！」

「これは……？」

　リリルーシアが必死に指し示す本のページを見たジェラルドは、ハッと息を呑んだ。

「湿地の貯水機能と蛇行河川の重要性……そうか、これだ！」

　先ほどのベンガル領の地図を思い浮かべたジェラルドは、飛び付くようにしてその本を読んだ。

「湿地帯には洪水の際に水を吸収し貯め込む作用がある……蛇行河川の直線化は生態系に影響を及ぼす他、近隣市街地への洪水被害拡大の懸念がある……なるほど」

　その内容を理解したジェラルドは、瑠璃色の瞳でジッと自分を見上げる愛猫を振り向き、目を合わせた。

「ベンガル川は上流地域との流通のために、十年ほど前に河川を整備している。整備した周辺には湿原があり、本来その中を通っていた蛇行河川を、湿原を通らぬよう上流から直線的に作り直した。それが洪水の原因になったということだな？」

「にゃう」

こくこくと頷くリリルーシアを見て、ジェラルドは顎に手を当てて考え込む。

「河川の整備から十年……元の河川跡が残っていれば、そっちに川の流れを戻せば洪水被害が軽減するかもしれないな。流通のことを考えるなら川の流れを二分化すれば……」

ブツブツと呟いていたジェラルドは、リリルーシアと目が合うと途端に笑顔になり、その小さな体を抱き上げた。

「ありがとう、リリル。あの書類には頭を悩ませていたんだ。お前のお陰で解決できそうだ！」

ぐりぐりとリリルーシアの頭を撫で、ちゅ、ちゅ、とあちこちに口付けるジェラルド。

嫌そうに肉球でジェラルドを押し返しながらも、リリルーシアは役に立てた喜びを噛み締めていた。

リリルーシアがベンガル領の洪水と聞いてこのことに気づいたのは、十年以上前に河川整備計画が持ち上がった際、キャタウォール家の跡取り教育でこの話を聞いたことがあったからだ。

その時に河川を作り替えるという壮大な事業を知り印象に残っていたリリルーシアは、ジェラルドの書斎で読んだこの本の内容を見て、あの時の事業が影響していないかとても気になっていた。

たまたま目にしたジェラルドの机にベンガル領の洪水に関する書類があり驚いたが、いつも溺愛されるばかりでなにもできないリリルーシアが、ジェラルドの仕事の役に立てた。

猫の姿でも自分にできることがあるということが、リリルーシアにとっては何よりも嬉しいことだった。


それ以来ジェラルドは、リリルーシアにも積極的に公務の書類を見せるようになった。

もちろん、リリルーシアが毎回答えを出せる案件ばかりではなかったが、それでもジェラルドは、リリルーシアに話して聞かせることで己の考えをまとめたり問題の要点を見つけたりすることができた。その結果、解決の糸口を見出すことが格段に増えた。

そうすると仕事が早く終わり、その分リリルーシアとの時間ができる。説明中も愛猫にベッタリしていられるので、ジェラルドにとってはいいこと尽くしだった。

愛猫に向けて熱心に仕事の相談をするジェラルドを見て、ヘンリーは最初、恐怖すら感じていた。しかし、それが日常となっていくと、感覚が麻痺してなにも感じなくなっていった。

毎回当然の如くジェラルドと一緒に書類を覗き込むリリルーシアのために、王太子の机の上に猫用座布団を置いたのはヘンリーだ。

他にもリリルーシアの猫らしくない行動の数々に疑問を持ちながらも、リリルーシアが愛らしい肉球を器用に使ってジェラルドに書類を渡すのが日常になる頃には、ヘンリーは〝王太子殿下の愛猫様〟に畏敬の念さえ抱くようになっていた。

ある時リリルーシアは、机の上で眠ってしまったジェラルドにブランケットを掛けてあげた。
小さな口で自分用のブランケットを咥《くわ》えて引っ張り、ジェラルドの肩に掛けてやるその一連の行動を陰ながら見ていたヘンリーは、目を覚ましたジェラルドに早速そのことを伝える。

「なっっんだそれ可愛いな！」

「はい。私も思わず声を出してしまいそうでした。殿下、お猫様の愛らしさは異常です。可愛い上に賢くて、仕事ができて心優しいだなんて。世界中の猫を集めても殿下のお猫様に敵う猫はいないでしょう」

真顔のヘンリーまでもが、リリルーシアへの絶賛を惜しげもなく口にし出す。

「そうだろう、そうだろう。俺のリリルーシアが世界一に決まっているじゃないか」

「はい。正直、殿下が世界一可愛いだとか天使だとか言うたびに、なにを言っているのかと思っておりましたが。お猫様は世界一の天使様です」

聞こえないフリをしていたリリルーシアは、人間姿であれば耳も頬も首まで真っ赤になっていたであろう顔を必死に背けて、寝たフリを決め込んだ。

（どうしてヘンリーまであんなに恥ずかしいことを……！）

体を丸め込んで、ジェラルドとヘンリーの会話を遮断したリリルーシアは、猫の本能からかそのうち本当に眠り込んでしまった。

微睡みの中、大きな手に頭をぐりぐりと撫でられるのを感じて身をよじる。しかし、眠気に勝てずそのまま目も開けずに眠りに落ちていくリリルーシア。

「本当に……どうしてこんなに愛おしいんだ」

ジェラルドは、すぴすぴと眠るリリルーシアを改めて見下ろしていた。

その寝顔をずっと見ていたいと思うと同時に、閉じられた瞼《まぶた》を開けてその瑠璃色の瞳で自分を見上げてほしいとも思う。明かりを反射する真っ白な毛はツヤツヤモフモフで、ジェラルドはふと、満月の夜に見た美しい銀髪を思い出した。

一度だけ。あの満月の夜に会った人間姿のリリルーシアは、銀色の美しい髪と今は閉じられた愛猫の目と同じ瑠璃色の瞳を持つ、美しい女性だった。

悪女と噂される彼女は、猫の姿ではあるものの、実際に接してみると噂とは違い思慮深く聡明で、上品で心優しい。自分が面倒な男だと自覚のあるジェラルドにも愛想を尽かすことなく、呆れながらも側にいてくれる。

最近ではどちらが世話をされているのか分からないほどだ。

そんな彼女が妹のために自ら罪を被り、悪女を演じてきたのかと思うと、なんとも遣る瀬無い気持ちになった。

「リリルーシア……」

名前を呼ばれてコロンと寝返りを打った白い猫の愛らしい寝顔が、人間姿のリリルーシアと重なって、ジェラルドはドキリとする。

瞬きをするといつもの可愛い愛猫がそこにいるが、ジェラルドの胸の高鳴りはなかなか落ち着かなかった。

一度顔を見ただけの、人間姿のリリルーシアは、瑠璃色の瞳をまん丸にして戸惑ったり驚いたりしていた。

その表情も猫の時と同じだけ愛らしかったが、彼女が笑った顔は、どんな顔なのだろうか。

見てみたい、と純粋にそう思ってしまった。

あの時。正体がバレたリリルーシアの声は震えていた。涙目を誤魔化すように声を荒げていた彼女の、その虚勢が痛ましくて愛おしかった。

ジェラルドが指先で弄《いじ》れば、リリルーシアの首に着いた鈴がチリリンと鳴る。猫でも人間でも関係ない、と思ったのはジェラルドの本心だ。

ただ、あの時見た、猫の姿と同じ慕わしい瑠璃色。

あの瞳が悲しみに染まるのを見たくはなかった。安心させてあげたかったし、守ってあげたいとも思ったし、何よりも抱き締めたかった。

「リリルーシア、俺は……」

リリルーシアの体に額を寄せたジェラルドは、その温もりを大切に大切に腕の中に閉じ込めたのだった。

◇

ジェラルドとリリルーシアの暮らしが穏やかに続く中、その日は突然やってくる。

事件から一カ月と十日ほどが過ぎたその日、リリルーシアと共にエリザベスの解毒に向かっていたジェラルドは、王女宮の方から駆けてきた使用人に声を掛けられる。

「殿下！　お急ぎください！　エリザベス王女殿下が目を覚ましました！」

「何だと⁉」

それを聞いたジェラルドは妹の元に急いだ。

医師の判断で家族以外の入室は許されなかったため、ヘンリーを置き去りにして妹の部屋に入ったジェラルドだが、その胸にはしっかりとリリルーシアを抱いていた。

「エリザベス‼」

「お兄……さま」

そこでは、医師達に囲まれながらもずっと眠り続けていたエリザベスが青い顔のままではあるが、目を開けていた。

「ああ、良かった！」

弱々しいながらも、目を開けて自分を呼ぶ妹を見たジェラルドは、抱えていたリリルーシアをそっと下ろすと妹の手を取り安堵の息を吐く。

それを見ていたリリルーシアも、心からホッとする。

しかし、次第に意識を覚醒させていったエリザベスが上げた不安げな声に、ジェラルドを始めとした周囲の者に騒めきが走った。

「あの、お兄様。どうして私……眠っていたのかしら？」

「覚えていないのか？　お前は毒を盛られて……」

「毒？　誰がそんなことを……？」

心底驚いたようなエリザベス。

これで事件が無事に解決すると思っていたジェラルドもリリルーシアも、驚きに目を見開いて目覚めたばかりの王女を見つめるのだった。

第十一章 ◆ 兄妹の絆

「どうやら毒の後遺症で記憶の一部が曖昧になっておられるようです。記憶が戻られるかは定かではありませんが、他にお体に異常はありません」

「そうか。記憶障害以外に後遺症はないんだな？」

エリザベスを診察した侍医の言葉に、ジェラルドは眉を下げて、寝台の上で身を起こす妹を見た。

兄から心配そうな目を向けられたエリザベスは、戸惑いながらも朗らかに笑ってみせる。

「私なら大丈夫よ。体が重い気がするけれど、吐き気や目眩はないもの。それよりも、何があったのか教えてくださる？」

ジェラルドは、あの日あったことを妹に一から説明して聞かせた。話を聞くうちにエリザベスは、驚きの表情を浮かべていった。

「私が、あの婚約破棄略奪婚騒ぎで有名なキャタウォール姉妹とお茶をしたですって⁉　どうして覚えていないのかしら……！　勿体ないことをしたわ！」

妹の素っ頓狂な叫びに、ジェラルドは溜息を吐く。

「はあ……エリザベス。お前は自分が危険な目に遭ったという自覚があるのか？」

呆れた兄へと、エリザベスは唇を尖らせる。

「だって。あのキャタウォール姉妹よ？　天使のような妹が、悪魔のような姉から婚約者を奪ったっていう、ロマンス小説みたいな展開！　三人でお茶をしただなんて。どんなお茶会だったのかしら。とっても気になるわ」

「妙な噂を信じるなよ……」

好奇心旺盛な妹の、あまりにも妹らしい言葉に、ジェラルドは片手で頭を抱えた。

目が覚めて間もない病み上がりだというのに、対するエリザベスは驚くほど元気だった。今度は目をキラキラさせて、ジェラルドの隣を見ている。

「それよりもお兄様、さっきから気になっていたのだけれど……もしかして、念願の猫を飼い始めたの？　お父様のお許しをもらえたのね？　とっても可愛い子だわ！」

妹のその言葉に、頭を抱えていたジェラルドは大袈裟に反応した。

「そうだろう！　うちのリリルは世界一可愛いんだ！」

「本当に。このツヤツヤでモフモフの白い毛並み、小さなピンク色のお鼻、瑠璃色の瞳……」

それまで嬉しそうに兄の愛猫を褒めていたエリザベスは、白猫の瞳を見て言葉を止めた。

「エリザベス？」

急に黙り込んだ妹に、ジェラルドが怪訝な目を向ける。するとエリザベスは、戸惑ったように猫の瞳を覗き込んだ。

「……変ね。私、この子と同じ瑠璃色の瞳をつい最近見た気がするわ」

「……！　本当か？　いつその瞳を見たか、よく思い出してくれ」

深い瑠璃色の珍しい瞳。その瞳は恐らく、エリザベスが人間姿のリリルーシアと会った時に見たはずだ。記憶の片鱗かもしれないと、ジェラルドは期待を込めて妹を見た。

「んー……やっぱり思い出せないわ」

　しかしエリザベスは、結局あの日のことを思い出せなかった。

「そうか。無理をする必要はないが、何か思い出したら言ってくれ。お前をこんな目に遭わせた犯人を捕まえなくては」

　真剣な兄に、エリザベスはキョトンと首を傾げる。

「不思議ね。どうしてまだ犯人が捕まっていないの？」

　本当に何も覚えていないらしいエリザベスに、ジェラルドは事件の調査についても説明した。

「リリルーシア・キャタウォールが指名手配されていて失踪中ですって？　更には私が〝不〟という文字を残していたと。確かにおかしな事件だわ。お兄様、その場にいたナタリーサ・ポーパッズは何と言っているの？」

「それが……」

　ジェラルドは言い淀んだ。ナタリーサの証言は、エリザベスとウィリアムの不貞を一方的に決め付けるような発言だったからだ。

　ウィリアムのストーカー行為に悩んでいたエリザベスに、そんな話をしたくはなかった。

　珍しく黙り込んだ兄を見て、エリザベスも何か察するものがあったのか話題を変えた。

「ふーん？　いいわ。ナタリーサはお兄様が言い淀むような証言をしたわけね。それじゃあお兄様は、誰が犯人だと思うの？　リリルーシア・キャタウォール？　それともナタリーサ・ポーパッズ？」

「証拠があるわけではない。……が、俺はリリルーシア・キャタウォールは無実だと思っている」

顔を上げたジェラルドの瞳は、エリザベスが驚くほどに真剣だった。

「お兄様がそんなふうに言うなんて珍しいわね」

エリザベスは、大きな金色の目をパチパチと瞬かせる。エリザベスと同じ色の兄の瞳に、今までにない強い思いが見えた気がしたのだ。

「とにかく、実際に会ったナタリーサ・ポーパッズが信用に値しない人間だったのは確かだな」

そう断言した兄に、寝台の上で声を荒げるエリザベス。

「もどかしいわ！　どうして私には記憶が無いのかしら？」

「落ち着け。あまり興奮するのは良くないぞ」

再び口を尖らせたエリザベスは、恨めし気に兄を見る。

「そもそもどうして私は助かったの？　二度と目を覚さないとまで言われていたんでしょう？解毒が成功したの？」

妹の問いに、ジェラルドは傍らに座るリリルーシアを撫でてみせた。

「リリルのお陰だ」

「お兄様の猫が……？」

エリザベスの瞳が兄から兄の愛猫に移る。〝王太子殿下の愛猫様〟としてすっかり王宮中の者達に認知されているリリルーシアは、照れつつも胸を張った。

「リリルには毒を浄化する力があるんだ。リリルが毎日お前の元に通って毒を浄化してくれたお陰で、お前はこうして目を覚ました」

「まあ！　それならこのリリルは私の命の恩人ね。ありがとう、リリル」

手を叩いたエリザベスが指を差し出すと、リリルーシアは大人しくその指先にちょんと鼻先を付けて挨拶を交わした。

その姿のあまりの愛らしさに、ジェラルドとエリザベスは兄妹揃って身悶える。

「可愛い！　なんて愛らしいの！　良かったわね、お兄様。夢の猫を飼えて。あとはお嫁さんがいれば完璧なんだけど。こうなったら私がお兄様の妃候補を見付けてあげるわ！」

胸を張る妹を見て、ジェラルドは思わず吹き出した。

「失礼ね。どうして笑うの？」

「いや。あの日も、お前はそう言って意気込んでいたんだぞ。まったくお前は。毒くらいじゃ変わらないな」

ジェラルドは久しぶりに、心の底から笑えた気がした。

「ああ、そうだ。ヘンリーも随分と心配していた。珍しく冷静さを欠いている姿も見たな。昔からお前は俺たちに心配かけてばかりだ」

「ヘンリーが……？」

その名前を聞いたエリザベスは、驚いたように目を見開いた。

エリザベスにとってヘンリーは兄の側近であるだけでなく、もう一人の兄のような存在だった。エリザベスにしつこく言い寄ってくるウィリアムの度を越した行動から、何度もエリザベスを守ってくれたのは兄であるジェラルドとヘンリーだ。

ウィリアムのせいで異性に対して恐怖心があるエリザベス。しかし、兄とヘンリーだけは例外だった。

自分を絶対に守ってくれるという安心感があって、頼れる存在。一方でエリザベスは、自分がヘンリーに子供扱いされているとも思っていた。

東洋の釧《セン》に留学すると言った時も、『そうですか』と頷くだけで、寂しがるわけでもなく、応援してくれるわけでもなかった。

兄であるジェラルドが『本当に行くのか』『気をつけて行ってこい』『あれを持って行け』『これも持って行け』『いつでも帰ってこいよ』と世話を焼くのに対して、ヘンリーの反応はその一言だけで終わってしまった。

守ってはくれるけれど、相手にはされていない。そんな気がして、あの頃のエリザベスは言いようのない切なさを感じていた。

「本当にヘンリーが、私を心配してくれていたの？　留学の時みたいに、素っ気ない態度を取っていたんじゃなくて？」

妹の小さな呟きに、ジェラルドは力強く頷く。

「ああ。俺の前だからと表面上は気を張ってはいたが、長年あいつを見てきた俺にはよく分かる。ヘンリーはずっと、気が気じゃないようだった。犯人探しにも、誰よりも積極的に協力してくれている。あれは王家の護衛としての使命感だけでは決してない。ナタリーサ・ポーパッズの証言を聞きに行った時のあいつの怒りようは特に酷かったな」

「……ヘンリーも怒ることがあるのね」

目をパチパチさせる妹に、ジェラルドは思わず苦笑してしまった。

「お前の前では取り繕っているかもしれないが、あいつは結構短気だぞ。そうだ、今日は置いてきたが、近々あいつもここに連れて来ていいか？　お前の顔を見たら安心するだろう……」

「それはダメ！」

急に大声を出したエリザベスに、ジェラルドは言葉を止めた。

「あっ、その……違うの。彼が嫌なんじゃなくて。私、寝たきりだったからこんな格好だし、ずっと眠っていたからお肌の調子も悪いし、髪もボサボサだし、痩せてしまってあんまり綺麗じゃないし……」

髪の毛の先を何度もいじりながら、ブツブツと言い訳をするエリザベス。

（あらまあ。エリザベス様ってもしかして……）

黙って兄妹の会話を聞いていたリリルーシアは、肉球を自らの口に当てて、可愛らしい王女の姿に何かを察していた。

「分かった。お前がそう言うなら、ヘンリーには控えてもらおう」

世話の焼ける奴らだな、と内心で思いながらも、ジェラルドは妹の気持ちを尊重することにした。

「そ、そうね。だけど……心配してくれたこととか、ありがたいと思ってるわ。あの……、お兄様からお礼を伝えてくれる？」

きゅ、っと。まだ青白く力の入らない手を握ってそう言う妹を見たジェラルドは、溜息を吐きながらも頷いた。

「はあ……。自分で言え、と言いたいところだが。病み上がりのお前に免じて、今回だけは伝えといてやる」

なんだかんだといっても仲の良い兄へ向けて、エリザベスは毒を飲む前と変わらない明るい笑顔を向けた。

「ありがとう、お兄様」

今のジェラルドは、妹のその笑顔だけでなんでも許してしまう。それくらいには、目覚めない妹を見舞う日々はつらく長かった。

ジェラルドは隣で静かにおすわりをしている愛猫を抱き上げた。

「にゃう⁉」

妹の笑顔を再び見られたのも、全てはリリルーシアのお陰なのだ。元から死ぬほど愛おしいが、いつも以上に愛でたくなるのは必然だった。

「ああ、リリル！　俺の天使。俺の生涯をかけてお前を愛しぬくと誓う！」

「フニャっ⁉　にゃにゃ！」

感謝を込めてモフモフでフカフカの毛並みに何度も何度も頬擦りすると、王太子の愛猫は嫌そうに肉球でジェラルドの顔を押し返すのだった。

「お兄様をそんなふうに扱うだなんて、リリルは大物ね！」

それを見ていたエリザベスは、嬉しそうに手を叩いて笑っていた。

「それにしても。私が目覚めたと知ったら、犯人は再び私を狙いに来るでしょうね……」

ふと、そう呟いたエリザベスはパッと顔を上げて兄を見る。

「お兄様、私を利用するのはどう？　囮《おとり》にして犯人を誘《おび》き寄せるの」

妹のとんでもない提案に、ジェラルドは呆れた顔をした。

「何を言い出すんだ。そんなことできるはずないだろう」

「あら。私はエリザベス・ウィスカーズ。ウィスカーズ王家の正統な血筋を受け継ぐ誇り高き王女よ。王家に牙を剥く不届者を捕まえるために囮になるくらい、どうってことないわ」

言い募る妹に、ジェラルドはよくよく言い聞かせる。

「ダメだ。お前は目覚めたばかりなんだぞ。無理はさせられない。お前が目覚めたことも、犯人が捕まるまでは極秘にする予定だ」

頑なな兄に、エリザベスは声を張り上げた。

「そんなんじゃいつまで経っても私、外に出られないじゃない。お兄様こそよく考えて。これは王族毒殺未遂なのよ？　一刻も早く犯人を見付けるべきだわ。指名手配されているリリルーシアが犯人ではないと思うなら、尚更急いだ方がいいでしょう？」

「それは……」

痛いところを突かれたジェラルドは、リリルーシアを見た。真っ白な王太子の愛猫は、困ったような瑠璃色の目でジェラルドを見つめ返す。

「……少し、考えさせてくれ」

結局妹に弱いジェラルドは根負けして、そう言ったのだった。

◇

「殿下！　エリザベス様は……っ」

妹の宮からジェラルドが戻ると、執務室で待機していたヘンリーが焦ったようにジェラルドに問い掛ける。

「落ち着け。意識はハッキリしている。しかし、事件前後の記憶がないようだ」

「そんな……大丈夫なのですか？　他にお体に異常は？」

取り乱しているヘンリーを落ち着かせて、ジェラルドはエリザベスの状態を説明した。ひとときおり話した後、ふとジェラルドは神妙な顔をする。

「そうそう。ヘンリー、悪いがお前は王女宮出禁だ」

「は……？」

エリザベスはひとまず回復していると聞いて安堵していたヘンリーは、ジェラルドのその言葉にあんぐりと口を開けた。

「エリザベスの希望だ。どうしてもお前にだけは会いたくないらしい」

間違ってはいないが、大きな誤解を生むような言い回しをしたジェラルドに、リリルーシアが呆れた目を向ける。

（まったく。これはわざとね。意地悪な人なんだから……）

理解が追いつかないヘンリーは、数秒ほど固まってからやっと息を呑んだ。

「そ、それはいったい、どういうことですか⁉　王女殿下がそうおっしゃったのですか？　私には会いたくないと……？」

顔を青くするヘンリーに、ジェラルドはわざとらしく肩をすくめた。

「さあな。だが、心配してくれた礼は言っておいてくれと言われた。確かに伝えたぞ」

嘘も言っていなければ、エリザベスとの約束をきちんと守っているジェラルド。しかし、それを聞いたヘンリーは絶望したような顔になる。

「私が何か、王女殿下に粗相をしてしまったということですか⁉」

「そんなことを聞かれても、俺には分からないな。俺はただ、エリザベスの言葉を伝えただけだ」

ジェラルドはそう言うと、手でヘンリーの退室を促す仕草をした。

「え……？　で、殿下？」

話の途中で急に彼を追い払うかのようなジェラルドの態度に困惑するヘンリー。

「俺はこれからリリルとイチャイチャしたいんだ。お前はもう帰っていいぞ」

常であれば、帰れと言われたなら素直に従うヘンリーだが、この時ばかりはこのまま帰れるかとジェラルドに喰い下がる。

「お、お待ちください、殿下！　王女殿下はなぜ……」

悲痛な面持ちのヘンリーに、ジェラルドは諭すように言った。

「ヘンリー。お前がエリザベスの心の傷を気にして、必要以上に近づこうとしなかったことは知っている。だがな、エリザベスはそのことを、少なからず寂しく思っていたみたいだぞ」

「……」

思いもよらない話に、ヘンリーは言葉を失う。

確かに思い当たることはある。エリザベスが留学を決めた頃、ウィリアムのせいで異性に対し怯える彼女を苦しめたくなくて、距離を取ったことはあった。

本当は遠い東洋の国になんて行ってほしくなかったが、それが彼女の決断ならと何も言わずに見送った。

その時の自分の態度が、結果的に王女を傷付けていたとしたら……ヘンリーは急に過去の自分を殴りたくなってきた。

そんなヘンリーに、ジェラルドは改めて助言をした。

「会うのがダメなら手紙でも書けばいい。お前の素直な気持ちを伝えれば、エリザベスの誤解も解けるはずだ。エリザベスはもう、怯えているだけの少女じゃない。俺たちが驚くほど立派な淑女になって戻ってきたんだ」

ジェラルドの言葉に胸を打たれたヘンリーは、戸惑いながら顔を上げた。

「素直な気持ち、ですか……？」

「何年一緒にいると思っている。俺がお前の気持ちを知らないとでも？　言っておくが、この国でエリザベスを任せられる男なんてお前以外にいないからな」

「殿下……！」

ここまで世話を焼いたのだから、最後まで助けてやろうと。ジェラルドはいつも頼りになる側近に、意地悪ばかりではなく真面目なアドバイスをしてやることにした。

「例えばそうだな。俺が毎日リリルに言っているような愛の言葉を……」

「いや、それはちょっと」

しかし、ジェラルド渾身の親切なアドバイスは、秒で遮られてしまう。黙って話を聞いていたリリルーシアも、そのアドバイスはないと首を横に振る。

信頼する二人から残念な目を向けられたジェラルドは、拗ねたように口を尖らせた。

「なんだ、せっかく良かれと思って言ってやってるのに。だったら自分の言葉で伝えるんだな」

遠回しだが的確なジェラルドの言葉を受け止めて、ヘンリーは大きく頷いた。

「はい」

リリルーシアは、そんなヘンリーの足元に近づき、元気づけるようにすり寄る。

「お猫様……」

小さな白猫の気遣いに、ヘンリーは大きな勇気をもらう。心を決め、ジェラルドに向き直ろうとした、まさにその時だった。

「リリル！　酷いじゃないか、俺の目の前で他の男にすり寄るだなんて！」

いつもの残念さを見事に発揮した王太子ジェラルドが、愛猫と側近を引き離す。

「ヒニャっ⁉」

「ヘンリーに浮気するとは！　お前は俺だけ見てくれていればいいんだっ」

言葉や勢いとは裏腹に、ジェラルドは至極優しい手付きで愛猫を抱き上げると、その腕の中に囲い込んだ。

それはいつものジェラルドらしい行動なのだが、まるでヘンリーに向けて、これくらいやってみせろと示しているかのようだった。

「ヘンリー、お前は邪魔だから、もう下がれ」

ちゃんと自分の気持ちを見つめ直して、向き合え。ジェラルドの気遣いを正しく受け取ったヘンリーは、頭を下げてその場を去って行った。

◇

「リリル、少しいいか」

ジェラルドは、ヘンリーを下がらせたあと、二人になった室内で愛する白猫に向き直った。

「みゃー」

お利口な姿勢でおすわりをしたリリルーシアは、小さな口を開けて返事をする。その瞳は若干疑わしげだ。

「いや、さっきのヘンリーへの嫉妬は、半分本気だったが半分は冗談だ」

半分は本気だったのか……と、リリルーシアは遠い目をした。

「オホン。その話はあとでゆっくり語り合うとして、少し真面目な話なんだが。実は、お前の呪いについて調べてみたんだ」

真剣な表情になったジェラルドは、小さな猫の前に座って話を始めた。

「獣医の話を元に色々と調べた結果、恐らくお前が掛けられたのは、単なる呪いじゃない。動物の姿を得ることで、異能を授かる秘術だ。この秘術は満月の光によってのみ、一時的に元の姿に戻れる」

それを聞いたリリルーシアは、間違いないとコクコク頷いた。と同時に、密かにリリルーシアの身に起こったであろうことを調べていてくれたジェラルドに、感激の目を向けた。

「お前にこの秘術を掛けた人物がいたはずだ。そしてあの日、あの場にいたお前にこんな呪いをかけたのは、そいつがエリザベスに毒を盛った犯人だからだ。……お前は真相を知っているのだろう？」

　ジェラルドの金色の瞳が、リリルーシアの瑠璃色の瞳を捉える。いつもは蜂蜜のように甘くリリルーシアを見つめるその瞳が、今だけは燃える太陽のように熱く感じられ、リリルーシアは直視していられずに目を背けた。

「やはりエリザベスに毒を盛ったのは……お前の妹の、ナタリーサなのか？」

　目を逸らすリリルーシアを見ながら、ジェラルドは核心に触れた。リリルーシアは、一度目を閉じると。妹の顔を思い浮かべる。

　リリルーシアがこれまで自分を犠牲にして尽くし、育ててきた妹。間違いなくエリザベスを殺そうとしたのは、ナタリーサだ。妹が道を踏み外したのは、姉である自分の責任じゃないのか。

　様々なことが頭を巡りながらも、リリルーシアは顔を上げると、ジェラルドに向かって頷いてみせた。

「やはりか。そしてナタリーサはその罪を着せるためにお前を動物の姿に変え、姉が王女に毒を盛って失踪したと嘘を吐いたと……許せないな」

　低い声で吐き捨てたジェラルドは、リリルーシアの体を抱き上げると膝に乗せた。

「お前は猫になることで、毒を浄化する力を授かったんだ。だからエリザベスの治療もできた。感謝している」

すっかり慣れた王太子の膝の上で、リリルーシアは大人しくジェラルドの話に耳を傾けた。

「この術は掛けられた際に連想していた動物の姿になることが多いらしい。異能もその時に必要なものを授かるケースが多い。術式には通常、宝石の媒体が必要なはずだ。何か、呪いをかけられた時に宝石のようなものを見なかったか？　そしてその時に猫や毒のことを思い描いていなかったか？」

思い返してみれば、あの時リリルーシアはエリザベス王女と猫の話をしていた。

そしてエリザベス王女が毒に倒れたのを見てショックを受け、毒を浄化する異能を授かったのだとしたら辻褄が合う。

リリルーシアは、ジェラルドの胸に肉球を乗せながらコクコクと頷いた。

その仕草の愛らしさに悶絶しながらも、ジェラルドは口から飛び出しそうになる愛猫への愛の言葉の数々を何とか耐えた。

「も、問題は、お前の妹がどうやってそんな品物を手に入れたのかだ。ポーパッズ公爵の館なら、そういった曰く付きのお宝が眠っていてもおかしくない。それに、獣医の言っていた犬になった人間は、ポーパッズ家の傍系だったことが分かった」

ジェラルドの言葉にリリルーシアの耳がピクリと反応する。

「この呪いは……残念ながら、完全に解くのは難しいかもしれない。しかし、術に使われた媒体があれば、何か糸口が見つかるはずだ。一度、ナタリーサの夫のウィリアムに探りを入れてみようと思う」

リリルーシアは、自分のために尽力してくれるジェラルドに感謝の意味を込めて、その鼻をペロリと舐めた。

「うっ！」

膝の上に最愛を乗せているジェラルドは、愛するリリルーシアを落とさぬように、静かに身悶えるのだった。

「か、可愛いが過ぎる……っ！」

「殿下！　エリザベスは、エリザベスは無事なのですか⁉」

王太子に対する挨拶もなく、開口一番に怒鳴り込んできた男を見て、ジェラルドは不快感に眉を寄せた。

「ウィリアム」

彼を呼び出したのはジェラルドなのだが、執務室にやって来たウィリアムの顔がどうにも憎らしく見えてたまらない。

「エリザベスは倒れたまま、ずっと目を覚まさないと聞きました！　どうか一目だけでも会わせてください！」

懇願するウィリアムを前に、ジェラルドは全ての元凶はお前ではないのか、と理由もなく詰め寄りたくなってくる。

勿論、ジェラルドがウィリアムに対して嫌悪感を抱いているのには、妹に付き纏っていたというのも大いに関係ある。が、それ以上に得体の知れない苛立ちがジェラルドを襲っていた。

妹の件とは別に、ウィリアムを不快に感じる理由。

目の前のこの男、ウィリアム・ポーパッズは、ほんの少し前までリリルーシアの婚約者だった男なのだ。

そう考えただけでジェラルドは、ウィリアムを斬り捨てたくて仕方なくなった。が、今は怒りを抑えなければいけない。

この男から聞き出すべき情報があるのだ。私情は捨てなければ。自分を律したジェラルドは無理矢理笑顔を作った。

「エリザベスは治療が成功して順調に回復中だ。もうじき目を覚ますだろう。それよりウィリアム。こうして話すのは久しぶりだな。君の近況でも聞かせてくれないか」

エリザベスが回復中と聞いて安心したのか、ウィリアムは促されるまま応接用の椅子の向かいに座る。

「そうですね。殿下はお忙しいようで、いつもお会いできませんから。たまにはこうしてお話しするのも悪くありません」

嫌味ったらしいウィリアムだが、ジェラルドがウィリアムに会わないようにしていたのはわざとだった。

妹であるエリザベスのことを考えると、会う度にウィリアムを殴り倒してしまいそうになるからだ。

ポーパッズ公爵家との軋轢《あつれき》を回避するために留学まで決意したエリザベス。その想いを踏み躙らないためにも、これまでジェラルドはウィリアムを極力視界に入れないようにしてきたのだ。

今でも向かい合っているだけで、殺気を抑えるのに必死なくらいには遺恨が残っている。

だが、ジェラルドはまだいい方だった。

いつもジェラルドの側にいるヘンリーを今日だけは休ませているのは、ウィリアムと鉢合わせさせないようにするためだ。

ウィリアムと顔を合わせた途端、今のヘンリーなら首を落としかねない。まだ理性で抑えられるジェラルドがウィリアムの相手をする方がずっとマシなのだ。

「そういえば、君は結婚したんだったな」

茶を差し出しながら、ジェラルドは自然に話を切り出した。

しかし、結婚の話を持ち出されたウィリアムは、見るからに嫌そうな顔をして眉を顰める。

「はあ……。申し訳ないのですが、その話はあまりしたくありません」

溜息まで吐いて不快そうなウィリアムに、ジェラルドは興味を惹かれたかのような驚き顔を作った。

「なんだ、結婚生活に不満でもあるのか？」

「不満？　不満どころではありませんよ。私はどうやら大きな過ちを犯してしまったようです」

よほど鬱憤が溜まっているのか、ウィリアムはジェラルドに対して話を聞いて欲しそうな態度を見せる。

「……と、言うと？」

勿体ぶるその表情にうんざりしながらも、息を呑んだフリまでして話を促してやったジェラルド。

「妻になったナタリーサです。私はあの女に騙されたんです」

言い切ったウィリアムは、興奮したように鼻息を荒くした。

「騙された？」

「ナタリーサの噂は殿下のお耳にも入っているでしょう？　額に傷を負ってはいますが、天真爛漫で天使のように心優しいと」

実際に会ったナタリーサを思い出し、あれのどこが天使なのかと内心で呆れながらも。ジェラルドは話を合わせて頷く。

「……ああ。聞いたことはあるな」

「それが嘘だったんです！」

全身で憤りを表現するウィリアムは、王太子の目の前でテーブルを叩いた。

「しかし君は、婚約者だった姉のリリルーシアを捨ててまで、妹のナタリーサを選んだんじゃなかったのか？」

内心ではイライラしながらも、ジェラルドはこの話に興味があるかのように問い掛ける。

それを聞いたウィリアムは、待ってましたとばかりに勢い付いて話し出した。

「ナタリーサは噂のような天使じゃありません。次期公爵夫人だというのに、家のことは何ひとつしようともしない。母が何度言い聞かせても、公爵家の女主人としての仕事を覚えようとしないんです」

忌々しい表情のウィリアムからは、妻に対する愚痴が洪水のように溢れ出てきた。

「そのくせ浪費家で次から次へとドレスやら宝石やらを買い込んで……挙げ句の果てには我が家

の宝物庫に入り込んで勝手に宝石を持ち出す始末です。強欲で我儘で、あんな女だと知っていたら結婚なんかしなかった。あれなら見た目が良くて仕事もできる分、リリルーシアの方がまだマシだったと思ったほどです。性格は最悪ですが、顔だけは妹と同じくらい美しい女ですからね」

――ガチャン

「殿下⁉　大丈夫ですか⁉」

急に割れた王太子のカップに、話の途中だったウィリアムは悲鳴を上げた。

「ああ、すまない。少々手が滑ったようだ。それで、何の話だったか」

それはそれは涼しい顔で、ジェラルドは粉々になったカップの持ち手を投げ捨て、爽やかな笑顔をウィリアムに向けた。

人間姿のリリルーシアが美しいのにはジェラルドも大いに同意するが、それをこの男の口から聞くのは不快で堪らない。ウィリアムの口からリリルーシアの名前が出るだけで、理性を保つのに一苦労だ。

一方のウィリアムは、爽やかだが悪寒の走るような王太子の笑顔に気圧されて、慌てて話を続ける。

「あ、えっと……、ですから、私は結婚生活に不満を持っているのです。何よりも、結婚式で留学から帰って来たエリザベスを見た時から、ナタリーサの顔が平凡で可愛くない女に見えてしまって……」

最低なことを言い出したウィリアムに、流石のジェラルドもナタリーサへ爪の先ほど同情した。

「できることなら時を巻き戻したいくらいです。なぜ私はエリザベスというものがありながら、あんな女に騙されたのか……私が側にいれば、エリザベスがあんな目に遭うこともなかったでしょう。まさか毒を盛られるだなんて。殿下、一目だけでも、エリザベスに会わせてもらえませんか？」

　飛躍したウィリアムの言葉に、ジェラルドはここぞとばかりに鋭い目を向けた。

「君がそこまでエリザベスのことを想ってくれてるとは。しかし、まだ目覚めていない状況でエリザベスの面会は家族と医師以外禁止しているんだ。ヘンリーでさえも王女宮への立ち入りを禁じているほどでな」

　ジェラルドが意図的に出した名前に、ウィリアムは見事に反応した。

「ヘンリー⁉　あの男、昔から私とエリザベスの邪魔をして。奴がいなければ、とっくの昔にエリザベスと結ばれていたのに！　奴はまだエリザベスの周りをウロチョロしているのですか⁉」

　予想通り怒り出したウィリアムへ、ジェラルドは宥《なだ》めるように穏やかな声を掛ける。

「ヘンリーは俺の側近だから、どうしてもエリザベスと顔を合わせる機会は多くなるだろう。エリザベスが目覚めた後は特にな」

　それを聞いたウィリアムは、見るからに取り乱した。

「そ、そんなこと、ダメです！　エリザベスは繊細ですから、男を近づけるようなことはしないでください！」

「そう言われてもな。公務の都合上、どうしても二人は顔を合わせることになるだろう」

「ではせめて、あの男より先にエリザベスに会わせてください！」

　懇願するウィリアムを見て、ジェラルドは本題に入った。

「そうだな……エリザベスに会いたいのなら、公爵家に眠る宝の話でも聞かせてくれ」

「宝？　なぜ殿下がそのようなことを？」

「個人的に興味があって探している品物があるんだ。それが公爵家に眠っているのではないかと耳にしてな。協力してくれたらエリザベスの見舞い許可を考えてやろう」

「本当ですか⁉　何でも協力します、何ならお探しの物を差し上げます！　それはどんな物ですか？」

　エリザベスのことしか頭にないらしいウィリアムは、前のめりになってジェラルドに問い掛けた。

「宝石……何か不思議な言い伝えのある宝石はないか？」

　ジェラルドがそう言うと、少しだけ考え込んだウィリアムは思い付いたように嬉しそうな顔を上げる。

「ああ、それならラピスラズリのロケットではないですか？　我が家には妙な曰くつきの宝石がたくさんありますが、中でもあのラピスラズリの話は、到底信じられないような荒唐無稽な話ですから覚えています。あれには確か、一族の裏切り者が馬やら犬やらにされた呪いがどうとかの言い伝えがあったような」

「それだ。間違いない。それを見せてもらうことはできるか？」

「殿下の為なら何だってお持ちします。ですからどうか、エリザベスを見舞う話、何卒よろしくお願いします！」

興奮しながら勇んで帰って行ったウィリアムの背中を、ジェラルドは貼り付けていた笑顔を消して冷ややかに見送った。

◇

「ウィリアム、いったいどこに行っていたの⁉」

帰宅したウィリアムは、妻であるナタリーサから甲高い声を浴びせられた。

「俺がどこに行こうと勝手だろう」

心底嫌気が差して、ウィリアムは妻に対しぞんざいな態度を取る。

「勝手じゃないわ。私はあなたの妻なのだもの。夫の予定くらい把握してないと！」

ギャンギャンと煩い妻に、ウィリアムは投げやりに言い放った。

「王太子殿下に呼び出されて、エリザベスの見舞い許可を貰いに行ったんだ」

「何ですって？」

それを聞いたナタリーサは、鋭い悲鳴を上げた。

「エリザベスは回復してもうすぐ目覚めるらしい。その時に一番先に側にいてやらなければ。エリザベスもきっとそれを望んでいるだろうからな」

夢見るような夫の言葉に、ナタリーサは身を震わせる。

「王女が目覚める？　だって、毒で二度と目を覚まさないって言ってたじゃない！」

「治療に成功したようだ。あとは時間の問題だとか」

「な、なんですって⁉」

「ふん。王国最高の医師が治療にあたっているらしいからな。そうじゃなくてもあの美しいエリザベスが、そう簡単に死ぬわけないだろう」

肩をすくめるウィリアムは、ナタリーサに目も向けず通り過ぎようとした。そんな夫をナタリーサが逃すはずもなく、甲高い喚き声が上がる。

「ちょっと待ってよ！　まだ話は終わってないわ！」

「あー、煩いな！　毒を盛ったのはお前の姉じゃないか！」

怒鳴り声を上げて妻の手を振り払うウィリアム。

「そもそもお前のその態度はなんだ⁉　結婚前は清楚なふりをしておいて、蓋を開けてみれば我儘ばかり！　キズモノを貰ってやったというのに！　もう付き合いきれない！」

バンッとテーブルを叩いたウィリアムは、憎々しげな目を妻に向けた。

「それと、宝物庫には手を出すなとあれほど言っただろう！　執事から聞いたぞ。あの中からラピスラズリを持ち出したのはお前だな⁉　今すぐ返せ！」

手を差し出したウィリアムに、ナタリーサは首から下げて隠していたラピスラズリのロケットを外すと、渋々ウィリアムに返した。

「ちょっと借りただけよ……」

「借りただけだと？　他にもあれこれ勝手に持ち出しては、行く先々で自慢げにぶら下げておいてか？　はあ。お前がこんなとんでもない女だと知っていたら、結婚などしなかった。お前の姉の方がまだマシだったくらいだ」

それを聞いたナタリーサは、燃えるような憎悪に拳を握り締める。

「まあ、エリザベスに敵う女なんぞこの世にいないが。結婚式に参列したエリザベスの、あの美しく上品な顔を見て、俺がどれほど後悔したことか。お前のようなキズモノ女に妥協するんじゃなかった」

怒りに震える妻を鼻で笑って去って行くウィリアム。

「エリザベス……あの女！　今度こそ殺してやる」

◇

「エリザベス、話があるのだが……」

同じ頃、愛猫と共に妹の元を訪れたジェラルドが声を掛けると、ベッドの上でぽーっとしていたエリザベスが放心状態で顔を上げた。

「お兄様……」

「どうした？　なにかあったのか？」

様子のおかしいエリザベスが心配になり駆け寄ったジェラルドだったが、エリザベスは兄を見上げると急に顔を真っ赤にして慌て出した。

「へ、ヘンリーから手紙が来たのっ」

よく見るとエリザベスの手元には、封を開けたばかりの手紙がある。

なんとなく察したジェラルドは、ホッとして妹のベッドに腰を下ろし、抱えていたリリルーシアを撫でながら妹と目を合わせた。

「で？　なんて書いてあったんだ？」

散々世話を焼いてやったのだから、これくらいは聞いてもいいだろう、と。ニヤニヤしながら問い掛けるジェラルド。

そんなジェラルドの様子に呆れながらも、同じように手紙の中身に興味があるリリルーシアは、その瑠璃色の瞳を興味津々に王女へ向けた。

「えっと、あのね……彼、すごく心配してくれていたみたいで……今回のことだけじゃなくて、留学の時も、本当は……寂しかったって。留学から戻ってきた私が、ますます、その……き、綺麗になっていて驚いたって」

いつもハキハキと喋るエリザベスが、顔を赤くしながらモゴモゴと喋る様は、とても健気で初々しかった。

「それだけか？」

ほっこりとするリリルーシアの横で、ジェラルドはずいっと身を乗り出す。あれだけ尻を叩いて叩いて、その背中を押してやったというのに、肝心なことを書いていなさそうな側近が情けない。

しかし兄に詰め寄られたエリザベスは、真っ赤な顔を更に赤くした。

「そ、それで、私が目を覚まして本当に嬉しいって。だから……元気になったら二人で食事をしたいって」

信じられないように手紙を見下ろすエリザベス。

まあ、及第点か。と頷いたジェラルドは、優しくエリザベスの肩を叩いてやった。

「それなら早く元気にならないとな。お前の話じゃ、髪やら肌やらが綺麗にならないと、ヘンリーに会えないんだろう？」

そう言われたエリザベスは、慌てて自分の髪を触った。フワフワだった金髪は、今でも変わらず美しいものの、倒れる前と比べて少し艶が落ちている。

「そうだわ！　このままじゃいつまで経ってもヘンリーに会えないじゃない！　どうしましょう、彼の気が変わる前になんとかしなくちゃ」

アワアワとベッドの上で狼狽《うろた》える妹に、ジェラルドは笑いながら声をかけた。

「落ち着け。ヘンリーなら大丈夫だ。アイツの我慢強さは俺が一番よく知っているからな。なにせお前が留学から戻るのを何年も待っていたくらいだ。お前が回復するまで、いつまででも待ってるだろうから急がなくていい」

兄の言葉に、エリザベスは少しだけ落ち着きを取り戻す。

「そ、そうかしら。でも……。あー、やっぱりダメだわ！　私の方が待てないもの。もう、こうなったら何とかして早く回復してやるんだからっ」

まだ出歩けない体でグッと拳を握り締めるエリザベス。その姿は倒れる前の快活でちょっぴりお転婆な王女そのものだった。

少し前まで青白い顔で横たわり、全くもって瞼を開ける気配すらなかったエリザベス。

そんな妹が元気を取り戻し、明るく笑う姿を見たジェラルドは、潤みそうになる目を誤魔化すため、リリルーシアを前に差し出した。

「それでこそ俺の妹だ。俺もリリルも協力するから頑張るんだぞ」

「にゃー」

目隠しに使われたリリルーシアは、ジェラルドの涙に気づいていたが。王太子として、何よりも兄としての威厳もあるのだろうとジェラルドを庇《かば》い、エリザベスに向けて鳴いてみせたのだった。

「うふふ、ありがとう。お兄様、リリル！」

頬に赤色を残して満面の笑みになったエリザベスは、ふと兄がやってきた理由を思い出して首を傾げた。

「それで、お兄様の話ってなんだったかしら？」

「ああ、この前の話なんだが。真剣に考えてみたんだ」

病み上がりの妹を見る兄の目は、いつになく真剣なものだった。

第十三章 ✦ 鈴の音

「殿下、例のものをお持ちしました！」

早朝から王太子の元を訪れ、笑顔で執務室に押しかけてきたウィリアムは、妻から取り返したラピスラズリをジェラルドに差し出した。

あまりにも簡単に宝石を持参したウィリアムへと、警戒する目を向けるジェラルド。

「ああ、すまない。実はこの宝石に纏わる呪いに興味があってな。暫くの間、研究のために預かってもいいだろうか？」

「勿論です！　こういった類のものは我が家にたくさんありますので、よろしければ差し上げます。ですからどうか、今日こそエリザベスに会わせてください！」

ほくほくと頷くウィリアムは、相変わらずエリザベスのこととなると見境がない。

まだウィリアムは小公爵であり、公爵家を継いだわけでもないのに家門の財産をこうもあっさり持ち出すとは。

この男が公爵家の跡取りである事実に頭痛がするが、今回ばかりは彼の無能さが有り難いのでジェラルドは顔には出さずに笑顔を作った。

「助かるよ。だが、エリザベスの件は国王陛下の許可がなければ王女宮への立ち入りができないんだ。父上には俺から取り次いでおこう。だから今日のところは帰ってくれないか？」

これからエリザベスの元を訪れる気満々だったらしいウィリアムは、見るからに不機嫌そうな顔をした。

「そんな。それはあんまりではないですか、殿下！　せっかくお持ちしましたのに。今すぐにでもエリザベスに会わせてください！」

ニコニコな笑顔から一変、王太子へ向けて子供のように声を荒げたウィリアム。

「だから善処してやると言っているだろう。なんだ、文句でもあるのか？　ならば二度とこの王宮に足を踏み入れられないようにしてやろうか？」

しかしジェラルドがひと睨みすれば、ウィリアムは途端に涙声になってジェラルドに縋り付いた。

「い、いえ。少々感情的になってしまいました！」

出禁にされてはたまったものではないと、必死になるウィリアム。

「今日のところは帰りますが、何卒エリザベスを見舞う件、ご検討をお願いいたします。エリザベスが目覚める前に、誰よりも先に会いたいのです！　特にあのヘンリーには負けたくありません！」

急に態度を豹変させたり、なにもかも自分の思い通りにしないと気が済まなかったり、移り気なくせに粘着質で、他者を見下す傲慢な態度が鼻についたり。かと思えば小心者で、目上の者に対してはヘコヘコと頭が上がらない。

ウィリアムのそういうところが、エリザベスに嫌われる要因だということを、この男は少しも理解していない。

それどころかエリザベスも自分のことが好きだと思い込み、付き纏ったり私物を盗んだり、スキンシップを強要しようとしたり。と、自分がどれほど過去のエリザベスに恐怖を与えたのか、少しも自覚のないこの男。

リリルーシアの件さえなければジェラルドは、ウィリアムの顔も見たくはないのだ。

「分かっている。またこちらから連絡するから、それまでは待っていてくれ」

「絶対ですよ、殿下……！」

しつこいウィリアムをなんとか帰らせたジェラルドは、ふうっと息を吐いた。こんな時こそ愛猫を吸って撫で回したい。

しかし、リリルーシアはジェラルドの自室でまだ寝ている最中だった。猫の体とは人間よりも睡眠を必要とするらしい。

リリルーシアが起きていたら執務室に連れてきて仕事をするのだが、今日は常識知らずのウィリアムの訪問が早朝からあったのでいつもより朝が早く慌ただしかった。気持ちよさそうにまだ眠っている愛猫を起こすのは可哀想で、そのまま寝かせてきたのだ。

ジェラルドが手の中の怪しげなラピスラズリを見下ろしながら愛猫に思いを馳せていると、ウィリアムが出て行ってから数分もしないうちに再び執務室の扉が開いた。

「殿下！　どうしてウィリアムがここにいたのですか？」

やってきたヘンリーは、目を吊り上げてジェラルドに言い募った。

「なんだ、すれ違いでもしたのか？」

「帰っていく後ろ姿を見ました。どうせ必要以上に突っかかってくるので声は掛けませんでしたが。なぜ、アイツが来たのです？」

　棘のような声音の側近に、ジェラルドは嘆息するしかない。

　こうなると分かっていたから、二人を鉢合わせさせないようにしていたのだ。なのにここ最近のヘンリーときたら。エリザベスの件もあってか、仕事が速すぎて困る。予定より早くきたヘンリーのお陰で少々ややこしくなってしまった。

「個人的に調べたいことがあってな。事件にも少なからず関わることだが、今はまだ言えない。悪いが宮廷魔術師を呼んできてくれないか」

「事件に関わること、ですか……」

　王太子から面と向かって〝言えない〟と言われてしまったヘンリーは、それ以上追求もできず唇を噛み締める。

　そんな側近の様子に目を眇めるジェラルド。

「なんだ、俺を信じていないのか？」

「そういうわけでは……」

「俺がアイツをエリザベスに会わせるわけがないだろう」

　真面目な声のジェラルドを見て、ヘンリーは納得したようだった。

「申し訳ございません。殿下には殿下のお考えがおありなのでしょう。魔術師を呼んでまいります」

頭を下げて行ったヘンリーが扉を閉めると、再び静かになる執務室。

ウィリアムの件もそうだが、事件やらエリザベスの記憶喪失やら、何かと頭の痛いことが続く中、ジェラルドは大きな溜息を吐いて手元に目をやった。

手の中のラピスラズリは今回の事件の鍵でもあり。そして、ジェラルドにとってはほんの少しだけ、胸がチクリと痛くなる代物でもある。

「あー、リリルに会いたい……」

自室でスヤスヤと、柔らかい体を丸めて眠っているであろう愛猫を思い浮かべ、疲れ切った王太子は天を仰いだのだった。

◇

「尊い……」

宮廷魔術師たちとの話を終え、公務をひと通り片付けたジェラルドが自室に戻ると、そこには世にも愛らしい光景が広がっていた。

ジェラルドの大きめのベッド、その端の端。今朝方脱ぎ捨てたジェラルドのシャツの上に、この世のものとは思えぬほど可愛らしい白猫が、ぐてんとモフモフの腹を天に向けて気持ち良さそうに眠っているではないか。

「は？　なんだこの可愛い生き物は。尊いな。現実か？　幻覚か？　俺は夢でも見てるのか？」

意味が分からず震えるジェラルド。その間にも熟睡中のリリルーシアは、スピスピと可愛いことこの上ない寝息を立てて、ジェラルドのシャツに包まれながら寝返りを打つ。

丸見えのピンク色の肉球をパアッと開いて、背中をぐりぐりとシャツに擦り付けるリリルーシア。

かと思えば顔の前にきたジェラルドのシャツの裾を寝惚けながらふんすふんすと嗅いで、チュパチュパと小さな口で吸っている。

「殺す気か」

とうとう膝を突いて、ジェラルドはベッドの前に崩れ落ちた。

両手で両目を覆ったジェラルドは、これ以上見ていたら爆《は》ぜてしまうかもしれないと危機を感じて身悶えた。しかし同時に、目に焼き付けなければ勿体ない気もする。

結局ジェラルドはリリルーシアが起きるまで、何度も何度も胸を撃ち抜かれながらもその愛らしすぎる寝姿を見守っていたのだった。


くあ、と大きな欠伸をしたリリルーシアは、寝惚け眼《まなこ》でジェラルドを視界に捉えた。

なぜか息も絶え絶えの王太子は、リリルーシアが起きるのをジッと待っているようだ。

すっかり昼寝してしまっていたことを思い出したリリルーシア。なんだかチョコレートをたらふく食べる、いい夢を見ていた気がする。

ぐいーっとお尻を持ち上げて、両前足を前に伸ばしたリリルーシアは、尻尾の先まで体を伸ばすと起き上がり、ジェラルドの前に移動した。

ぴょんとベッドを降り、中途半端な位置で膝を突いている王太子を見上げる。

「にゃー」

（お疲れ様、こんなところで座って何してるの？）

愛する瑠璃色に見上げられたジェラルドは、トドメを刺されたかのように床に横たわる。

「ふにゃにゃ⁉」

（ど、どうしたのよ⁉）

驚いたリリルーシアが、ジェラルドの周りをぐるぐる回った。それすらも果てしなく愛おしくて、ジェラルドのダメージが更に増大する。

その間にも心配したリリルーシアは肉球でジェラルドを突いてみたり、頭でジェラルドの体を押してみたりと、可愛いことしかしない。

「……リリル。俺は今度から、出かける時は毎回シャツを脱ぎ捨てていくことにする。だから遠慮せず、好きなだけ使ってくれ」

「はにゃ？」

なんの話をしているのかと首を傾げたリリルーシアは、ふと自分の体がジェラルドの匂いに包まれていることに気づく。そして先ほどまで眠っていた場所に目を向けた。

「⁉」

自分が何に包まって眠っていたのかを知ったリリルーシアは、そのモフモフの耳をピンと立てて落ち着きなく尻尾を揺らした。

（嘘でしょ、私……わざわざ彼のシャツで寝てたの⁉　そういえば、眠ってる時に彼の匂いがして寝惚けながら移動したような……やだ、恥ずかしい！）

耐え切れないリリルーシアは、体を伏せて肉球で両耳をすっぽりと覆うような姿勢になって全てを遮断した。

「はっ！　またなんて心臓に悪いポーズを……！」

その恥じらいポーズを間近で見せられたら堪ったものではないのはジェラルドで、二人は誰もいない密室で互いにこれでもかと照れて顔を隠し合ったのだった。

「そうだった。今日は、お前に見せたいものがあって持ってきたんだ」

互いに落ち着き、なんとか気を取り直したジェラルドが懐から取り出したものを見て、リリルーシアは瑠璃色の瞳を見開いた。

「これがあれば、お前を人間に戻せるかもしれない」

それは間違いなく、妹ナタリーサが手にしていたあの呪いのラピスラズリだった。

ウィリアムを唆《そそのか》してこれを持って来させたと説明したジェラルドは、驚きつつも熱心にラピスラズリを見る愛猫に、そっと問い掛けた。

「なあ、リリル。このまま……俺の愛猫として暮らすのは嫌か？」

物悲しげなジェラルドの声を聞いて、リリルーシアはハッと考えてみる。このまま猫の姿で、ずっと猫としてジェラルドに愛されて過ごす。

それはそれで、幸福な生活かもしれない。何も考えず、誰にも後ろ指を差されることなく、重たい責任を背負うでもなく、ただただジェラルドの愛を一身に受けて庇護される暮らし。

（嫌ではないわ）

リリルーシアは、首を横に振った。

「じゃあ、このまま猫の姿でいるか？」

真剣に問い掛けられて、思いを巡らせるリリルーシア。ナタリーサのこと、父のこと、エリザベスのこと、目の前のジェラルドのこと、そして——

暫くの間じっくりと考え、結局リリルーシアは、再び首を横に振った。

「人間に戻りたいんだな？」

ゆっくりと瞬きをして、頷くリリルーシア。

「それは……弟の為か？」

このままナタリーサの罪が明るみになれば、ポーパッズ公爵家も、キャタウォール侯爵家も、無事では済まないだろう。

ウィリアムも父も自業自得だが、弟のジョージだけは、出来ることなら助けてあげたい。

何も知らぬふりをして自分は幸せに過ごし、罪の無い弟を見捨てるなど、リリルーシアにはできなかった。

こくん、と小さく頷いたリリルーシアを見て、ジェラルドは一度目を閉じると、優しく微笑んだ。

「……分かった。俺も妹を持つ身として、お前の気持ちはよく分かるからな」

ジェラルドが手に持つラピスラズリはよく見るとロケットになっていたようで、ジェラルドはリリルーシアの目の前でそれを開けた。

「宮廷魔術師に調べさせたところ、ここに相手の髪の毛を入れてラピスラズリを向ければ術式が発動するらしい」

リリルーシアの顎を撫でたジェラルドは、改めて愛猫に問い掛ける。

「ここに、猫になったお前の毛を入れたら、恐らくこの呪いは反転するだろう。人間に戻れても月に一度、満月の夜だけは猫の姿になる。それでもこの方法を使うか？」

「……にゃぅん」

こくんと頷くリリルーシア。それを見届けたジェラルドの手が、リリルーシアの鈴に触れた。

「それならば……これはもう必要なくなるな」

そうして、首輪から鈴を外そうとして手を止める。

「にゃ？」

どうしたの？　と首を傾げたリリルーシアの前に、ジェラルドの整った顔が近づく。

「リリル。……最後に、抱き締めさせてくれないか」

ジェラルドの声は、震えていた。

その切ない表情を見て、リリルーシアはハッとする。

リリルーシアが人間に戻るということは、猫ではなくなるということ。彼は何よりも溺愛する大切な大切な愛猫を失うことになるのだ。

リリルーシアの脳裏に、これまでジェラルドと過ごしてきた日々が浮かぶ。最初はどうなることかと思ったが、今思い返してみると、ジェラルドとの生活にリリルーシアは満たされていた。

それどころか、ずっと孤独だったリリルーシアの人生の中で、愛される幸せを貰ったのは初めてだった。

そのシャツに包まれて寝たいと思うほど、今のリリルーシアはジェラルドの溺愛に毒されているのだ。

「リリル……⁉」

考えるよりも先に体が動いたリリルーシアは、ジェラルドの胸に飛び込んでぐりぐりと頭を押し付けた。大好きな温もりが、リリルーシアの体をぎゅっと包み込む。

（こんなふうに彼に抱き締めてもらえるのは、きっと最後ね）

リリルーシアは人間である。けれど、この瞬間だけは猫で良かったと思った。感謝するフリをして、大好きな人に思い切り甘えられたから。

首元で鳴る鈴の音を、リリルーシアはどこか遠くに聞いていた。

◇

その夜、ナタリーサは、王女の見舞いが叶わず落ち込んで帰ってきたウィリアムを罵《ののし》っていた。

「宝石まで渡して馬鹿みたい。王太子は最初から王女に会わせる気がなかったのよ！　あなたは騙されたんだわ！」

「なっ……何も知らないくせに、俺を愚弄するのか！」

どこまでも無礼で、夫であるウィリアムを馬鹿にするナタリーサに、ウィリアムも負けじと声を張り上げる。

「事実を言ったまででしょ。だいたい、そんなことしなくても無理矢理王女の部屋に忍び込めばいいのよ！」

イライラと爪を噛んでいたウィリアムは、驚いて妻の言葉に顔を上げた。

「また何を言い出すんだ。そんなこと、できるはずないだろうっ！」

「あら、どうして？　昔は散々〝エリザベス〟の部屋に忍び込んだって自慢してたじゃない！」

エリザベスとの思い出をしつこく語る夫の話に辟易していたナタリーサは、何度も聞かされたその話を蒸し返す。

「昔と今とでは状況が違う！　今の王女宮はエリザベスが目を覚ますまで、厳しく警備されているんだ！　忍び込んだりして見つかったら、いくら俺でも罰せられるだろうがっ」

妻の愚かさに怒鳴るウィリアム。しかしナタリーサは、少しも動じてはいなかった。それどころか、言い募る夫を鼻で笑う。

「ふん。だったら頭を使えばいいでしょう？　あなたは自分の家のお宝に興味がないみたいだけど、私は違うわ。公爵家にある宝石の魔具を使えば、王宮にだって簡単に忍び込めるのよ」

「……な、なに？」

勢いを削がれたウィリアムが、妖しく笑うナタリーサに言葉を失った。

「そうね、いいわ。私が手伝ってあげる。そんなに会いたいなら会ってきなさいよ。そして愛しの〝エリザベス〟と永遠に結ばれるといいわ」

「ほ、本気で言っているのか？」

「ええ。当然でしょう？　私、あなたの恋を応援しているの。あなたが望むなら離婚だってしてあげてもいいと思っているのよ」

「本当か、ナタリーサ！　お前が離婚してくれるなら、エリザベスと結婚できる！」

ウィリアムは、結婚して以来初めて目の前の妻が可愛いと思えた。

満面の笑みでナタリーサの両手を握る最低な夫に、ナタリーサは唾でも吐いてやりたい気持ちをグッと堪えて微笑んでみせる。

「そのためにも王女様のところに行きましょうよ。便利な魔具も用意してあげるし、それに……お父様も協力してくれるみたいなの」

「なんだって？　あのキャタウォール侯爵が？」

それを聞いたウィリアムは、心底驚いた。

自分の利になることしかしないことで有名なあの侯爵が、娘の離婚を許してウィリアムとエリザベスの仲を取り持つだなんて。俄《にわか》には信じがたかった。

「お父様をなんだと思っているの？　お父様だって、人並みの情はあるのよ。それに……お父様にはお父様のお考えがあるようだし」

そう言うとナタリーサは、昼のうちに実家に行って交わしてきた、父との会話を思い返してニタリと笑った。

◆

『本気で言っているのか、ナタリーサ』

『ええ、お父様。もちろんですわ。このままですと、王女様が目を覚ましてしまいますもの。その前に実行しませんと』

半信半疑な父へと、胸に手を当てて頷くナタリーサ。

『眠っている王女を暗殺するだと？　本当にそんなことができると思っているのか？』

父の問いにナタリーサは、自信満々に口を開いた。

『いくら縁を切ったと言っても、お姉様がキャタウォールの血を引いているのは変えようがありませんもの。お父様も私もジョージも、このままだと罪人の家族になってしまいますわ』

ナタリーサが大袈裟にそう言えば、思考を巡らせてこの件について何が自分の得になるのか、考え始める侯爵。

そんな父に身を寄せたナタリーサは、さらに言い募った。

『事件の時は気が動転してしまって本当のことを証言してしまいましたけど、そもそもお姉様が犯人じゃなければ私達に不利益が及ぶことはないのです。王女様がこのまま目を覚まさずに亡くなって、私の証言もショック故の思い込みだと言ったら、お姉様が王女様に毒を盛ったという証拠はなくなりますわ』

娘の話をジッと聞く侯爵に対し、ナタリーサは表面上だけは天使のような笑顔を浮かべた。

『どこに行ったのか分かりませんけれど、お姉様がこのまま二度と姿を現さなければ、真相は闇の中。キャタウォール家の名声に傷が付くこともありません』

『……ふむ。確かに、証拠がない以上、いくら犯人であってもリリルーシアは罪に問われず、我々は罪人の家族ではなくなる。お前の言うことも一理ある』

乗り気になってきた父に、ナタリーサは楽しげに宣言する。

『だから私が王宮に忍び込んで、眠っている王女様を暗殺するんです』

『我が家門のためにそこまでするとは。流石は私の娘だ。お前の姉とは大違いだな』

満足げな侯爵は、王女暗殺を目論む娘を笑顔で褒め称えた。

『ですのでお父様、どうか協力してくれませんか？　ここのところ、王女宮の警備が厳しいらしいんです。少しの間だけ、彼等を引き付けてくれたらあとは私がやりますわ』

『ふん。その程度ならば手を貸してやってもいいだろう。無能な王室の護衛など、私の手に掛かればどうとでもなる』

悪びれるふうもなく言い切った父に、ナタリーサはニヤける口元を止められなかった。

ナタリーサの真の狙いは、王女だけではない。だがそれをわざわざ父に言う必要もないだろう。父との約束を取り付けたナタリーサは、ポーパッズ家に戻り、ウィリアムが帰るのを待っていたのだった。

第十四章 ◆ 家族の再会

「本当に大丈夫なのか？」

王宮の前まで来ておいて、今更不安がるウィリアムへと、ナタリーサは愛らしい笑顔を向けた。

「もちろんよ。ほら、警備が手薄でしょう？　お父様が近衛《このえ》隊を買収してくれたの。それに、あなたの家のお宝ってすごいのよ？」

ポーパッズ公爵家の先代の当主、ウィリアムの祖父は、魔具の蒐集家《しゅうしゅうか》でもあった。王国随一の財力を惜しげもなく使い込み、国中の珍しい魔具を集め、公爵家の宝物庫に飾った。

時に魔具の効果を試してみたくなった先代は、傍系の気に入らない親族を実験台にしては様々な呪いを試していたという。

ナタリーサがこのことを知ったのは偶然だった。

現当主のウィリアムの父も、そしてウィリアムも、宝石には興味がなく、先代自慢の宝物庫は長年放置され続けていた。

ポーパッズ家に嫁入りしたナタリーサは、昔から大の宝石好き。姉の宝石を幾度となく奪い、母の形見の宝石は全てナタリーサのものになった。

そんなナタリーサが、手付かずの宝物庫に興味を持つのはごく自然なこと。

結婚後、素っ気なくなった夫の態度もあり、憂さ晴らしのように公爵家の宝石をジャラジャラと身に付けていたナタリーサは、ある時。宝物庫の片隅で、先代の遺した怪しげな日記を見つけた。

そして、そこに書かれた宝石たちの真実を知った。

ナタリーサが好き好んで身に付けている宝石は、ただの宝飾品ではなくて、呪いの込められた魔具だったのだ。使用する度に体力と精神力が削られはするが、それぞれに不思議な力が宿る宝石たち。

その秘密を知って以来、魔具を使って好き勝手にやってきたナタリーサは、夫の愛も姉の庇護もない中で、ますます傲慢で強欲になっていった。

しかし、ナタリーサは先代当主の日記にとある欠点があることを知らぬまま、魔具を使っていた。

先代が興味を持っていたのは、魔具に込められた呪いの部分ばかりで、魔具が持つそれ以外の特性については、日記に記されてすらいなかった。

そのため、ラピスラズリの呪いで動物の姿になった者は強力な異能を持つことを、ナタリーサは知らない。

それが自分の計画の致命的な欠点となることを、有頂天になっているナタリーサは知る由もなかった。

「ほら、ウィリアム！　さっさとして！」

「ちょっと待ってくれ……」

息を切らしたウィリアムは、ナタリーサに連れられて王女宮を走り抜けていた。

ナタリーサが用意した宝石は、人を眠らせるマラカイトと、人を洗脳するブラックオパール。それらをウィリアムに持たせたナタリーサは、使えば体力と精神力が失われるその魔具をこれでもかとウィリアムに使わせた。

キャタウォール侯爵のお陰で少なかった護衛は、呆気なく魔具に支配されて二人に道を開けた。中に入ってしまえば、何度もそこに足を踏み入れたことのあるウィリアムが勝手知ったる我が家のように宮内を進んでいく。

静まり返った廊下を走り、とうとう王女が眠る寝室まで辿り着いたナタリーサとウィリアム。

室内に忍び込んだ二人は、いくらなんでも手薄過ぎる王女宮の警備に何の疑問も持たず、眠り続ける王女を見付けた。

「エリザベス！　ああ、会いたかった！」

途端にエリザベスの元に駆け寄ろうとしたウィリアム。あと少し、というところまで走り寄ったウィリアムはしかし。

「うっ⁉」

エリザベスに手が届く寸前で、背中に強烈な痛みを感じて膝を突く。

何が起きたのかと振り返ったウィリアムが見たのは、血の付いたナイフを振り上げた妻だった。

「な、なぜ……」

妻に背後から切り付けられたことを理解したウィリアムは、信じられないものを見るかのような目で妻を見上げた。

「ナタリーサ……？」

「この女が目を覚ますと困るのよね。毒を盛ったのが私だってバレちゃうから」

「まさか、お前……」

「そうよ。その王女を殺そうとした犯人はお姉様じゃないわ。この私よ」

驚愕の表情で間抜けな顔を見せる夫に対しナタリーサは、その愛らしい顔に不気味な笑顔を浮かべていた。

「望み通り、エリザベスと一緒になりなさい、ウィリアム」

クスクスと。ナイフを片手に笑うナタリーサ。

「ここでアンタ達を一緒に殺してあげる。アンタがエリザベスに熱を上げてるのは王太子も知っているもの。目覚めない王女を見たアンタがショックで心中したことにすれば全て解決するわ」

「なっ！　なんだと？　正気か⁉　誰かっ！」

廊下に向かって叫ぶウィリアムだが、当然助けなど来るはずがない。

「叫んだって誰も来ないわよ。護衛を追い払ったのはあなたでしょう？」

「うぅっ……！」

逃げようとするウィリアムの背中を踏みつけるナタリーサが、ナイフを振り上げる。

「や、やめてくれ……ッ！」

すると、叫んだウィリアムはあまりの恐怖から泡を吹いて気を失った。

自分はこんな間抜け男のどこが良かったのかと、呆れながらナイフを振り下ろそうとしたナタリーサ。しかし、その時だった。


「ナタリーサ・ポーパッズ。これはいったい、どういうことだ？」


そこに立っていたのは、王太子ジェラルドだった。

慌てたナタリーサは、急いでナイフを放り投げてウィリアムから足を退け、必死に取り繕う。

「ち、違うんです！　私じゃない、これはお姉様の指示なの！　お姉様はウィリアムと王女様を憎んでて……」

「と言っているが。リリルーシア、君はどう思う？」

王太子が後方に問い掛けると、コツコツと靴音を響かせて姿を現したのは、他でもないナタリーサの姉、リリルーシアだった。

「お姉様ッ⁉」

豊かな銀髪を靡《なび》かせ、珍しい瑠璃色の瞳を妹に向ける姉。

「久しぶりね、ナタリーサ」

ナタリーサの驚愕の瞳が、リリルーシアに向けられる。厳しい表情のリリルーシアは、黙ったままジッと妹を見ていた。

二人の後ろからヘンリーを始めとした兵が現れてナタリーサを取り囲む。その真ん中にあってもナタリーサは、諦めていなかった。

「お姉様はずっと私を虐げてきたんです！　今回も私に罪をなすり付けるつもりなんだわ！」

涙声で声高に叫ぶナタリーサ。

しかし、誰もナタリーサの言葉に反応しない。これまでであれば、可哀想なナタリーサは皆に優遇されてきた。なのに、この場にいる誰一人として、ナタリーサの言葉に耳を傾けてはくれない。

「罪をなすり付けてきたのは君だろう。先ほどのウィリアムに向けた君の発言は、ここにいる全員が聞いていた。それに、リリルーシアが犯したとされる悪行について、その全てが妹である君の犯したものと特定された」

ジェラルドの合図でヘンリーが、侯爵家の使用人達の証言や、過去のナタリーサの悪事について調べた証拠をナタリーサに突き付ける。

「嫁ぎ先のポーパッズ公爵家を巻き込んだだけでなく、生家であるキャタウォール侯爵家まで利用するとは。どこまでも狡猾で卑劣な女だ」

ジェラルドは嫌悪を滲ませた金色の瞳をナタリーサに向けた。

「エリザベスだけでなく、自分の夫まで手に掛けようとするとは」

応急処置を施されて運ばれて行ったウィリアムを見送り、ジェラルドは醜悪な悪女と対峙した。

「申し開きがあるのなら、牢の中で聞こう」

「い、嫌よ！　待って、私にはお父様もついているのよ！　ポーパッズ家とキャタウォール家を敵に回すつもりなのっ⁉」

この期に及んで抵抗を見せるナタリーサだったが、誰もが彼女へ敵意と軽蔑の視線を向けている。

今までの人生でリリルーシアに守られてきたナタリーサは、初めて自らの行いに見合う視線を受けて狼狽えた。

そんな中、淀んだ空気を割るような、澄んでいて力強い声が響く。

「私からもよろしいかしら」

その声のした方向を見たナタリーサは、驚愕に言葉を失った。

「⁉」

なんとそこには、ずっと寝たきりだと思っていた王女エリザベスが、兄である王太子の隣に並んで立っているではないか。

突然起き上がった王女の、倒れる前と変わらぬ美しい姿を前に、ナタリーサは驚いてヘナヘナと座り込んだ。

「な、なんで……」

腰が抜けたかのようなその体勢で、呆然とエリザベスを見つめるナタリーサ。その瞳を真っ直ぐに受け止めたエリザベスは、玲瓏な声を張り上げた。

「ナタリーサの顔を見て全てを思い出したわ。あの日、姉妹揃って私の元を訪ねて来た貴女の話は、とてもあり得ない内容だった。私がウィリアムと不倫していると思い込んで、貴女は私に苦言を呈したわね。私が否定しリリルーシアが窘《たしな》めたら、貴女はお茶を淹れると言って席を立ち、貴女の淹れたお茶を飲んだ私は毒に倒れた」

　言葉を切ったエリザベスは、大勢が見守る中で声を張り上げた。

「私に毒を盛ったのは間違いなくナタリーサ、貴女だわ」

「いや！　違う、私じゃない……私は可哀想なキズモノだから幸せにならなきゃいけないの！　だから私じゃない！」

　毒に倒れても蘇り、毅然とした態度を見せるエリザベス。その証言が決定打となり、ナタリーサは問答無用で兵に捕えられ連行された。

◇

「ポーパッズ公爵家及び、ナタリーサの手助けをしたキャタウォール侯爵家は取り潰しとする」

　ジェラルドから全てを聞かされた国王の決定は早かった。至急集めた大臣たちの前で、事件の真相とその処分についてを宣言したのだ。

　夫婦揃って王女の寝室に忍び込んだポーパッズ家のウィリアムとナタリーサ。そしてそれに手を貸し近衛隊を買収しようとしたキャタウォール侯爵。

　今回のナタリーサの目的が王女エリザベスの暗殺だったことが明らかとなり、二つの家門は果てしない非難を浴びて取り潰されることになった。

　そして先の王女毒殺未遂の真犯人がナタリーサ・ポーパッズだと判明したことは、この先世間に広く周知されていくことになる。

　しかし、ナタリーサの姉であり、事件の容疑者であったリリルーシア・キャタウォールについては、罰せられるどころか予想外の褒賞が与えられた。

「ナタリーサの実姉リリルーシアについては、噂されていた数々の悪行は妹ナタリーサの仕業であったことが判明し、侯爵家とは既に縁を切っている。さらに猫の姿になってまで王女の毒を浄化した功績を讃え、新たな姓フラフィテールと伯爵位、さらにキャタウォールの財産と領地を与えるものとする」

　この決定に周囲は驚いたものの、リリルーシアが妹から罪を着せられて動物の姿に変えられていたこと、さらに噂の〝王太子殿下の愛猫様〟の正体がリリルーシアだったことを知り、彼女に対する世間の見方は変わっていくこととなる。

　特に、大臣たちを集める前、人間姿のリリルーシアを初めて見た国王と王妃は、彼女を疑っていたことを心から謝罪した。

「まさか、あの可愛いリリルが人間だったとは」

「リリルちゃん、本当にごめんなさい。私もエリザベスもジェラルドも、貴女には本当に助けられたわ。犯人だと疑ったこと、どうか許して頂戴」

　涙ながらに詫びる王妃へと、リリルーシアは困ったような笑顔を向けた。

「王妃殿下、どうかお気になさらないでください。私、そういうふうに疑われるのには、昔から慣れているのです。だから全然大丈夫ですわ」

　それはリリルーシアの紛れもない本心だったが、その健気さと不憫さに、国王夫妻はなんとも言えぬ憐れな気持ちになった。

「リリルよ……これから先は、そなたのことを誤解する者はいなくなるだろう」

「そうよ。貴女は優しくて強い女性だもの。本当の悪女が誰だったか、国中が知ることになるわ」

　国王と王妃に両手を握られ、リリルーシアは困惑しながらも頭を下げる。

「えぇっと……ありがとうございます」

　なぜこんなに気に掛けてくださるのだろうか、とリリルーシアが首を傾げていると、そんなリリルーシアの肩に暖かい手が添えられた。

「父上、母上、リリルーシアが戸惑っているではありませんか」

　猫だった時と同じように、リリルーシアを両親から奪い取るように引き離したジェラルドは、蜂蜜のように甘い瞳をリリルーシアに向けていた。

「王太子殿下……」

　猫の時とは違う目線でその瞳を向けられることが擽ったくて、リリルーシアは耳の先を赤くする。

「あら！　お兄様ばかりリリルーシアを独り占めしてズルいわ！」

と、そこに割ってきたのは、誰からも愛される王女、エリザベスだった。

その顔も髪も、すっかり以前の美しさと快活さを取り戻している。眩しいほどの笑顔で、エリザベスはリリルーシアに手を伸ばした。

「リリルーシア、また会えて嬉しいわ！」

「エリザベス様」

ぎゅっとリリルーシアに抱き着いたエリザベスは、ジェラルドと同じ金色の瞳に微笑みを乗せていた。

「なんだエリザベス、お前はまだ寝ていろ」

そんな妹の手からリリルーシアを奪い取ったジェラルドは、不機嫌な表情を妹に向けた。

「やだわ、お兄様ったら。もう寝てるのは飽きたのよ。体もすっかり回復したし、犯人も捕まったんだから、これからは私も自由に過ごすわ」

堂々と胸を張る妹に、ジェラルドの目が意地悪く歪む。

「それで。元気になったのなら、ヘンリーともちゃんと話をしたんだよな？」

「ちょっ……！　そ、それは！」

兄から問い掛けられたエリザベスは、先ほどナタリーサとウィリアムを捕えた時に目が合った、兄の側近の顔を思い出して真っ赤になる。

「私、囮作戦のために化粧もしていないのよ！　髪もセットしてないし、寝巻き姿だし！　こんな状態で話せるわけないでしょう⁉」

　ヘンリーと目が合ったあの瞬間、自分の状態を思い出して慌てて目を逸らしたエリザベス。

　それを見たヘンリーは人知れず落ち込んでいたのだが、あの時のエリザベスには、あからさまな自分の態度を気にしている余裕はなかった。

　そんな妹の様子を、ジェラルドはリリルーシアから手を離さずに見守っていた。

「まったく。お前たちは、本当に世話が焼けるな」

　元気になったエリザベスを見るジェラルドの目には呆れと、何よりも優しい温かさが宿っている。

　二人の会話をすぐ近くで聞いていたリリルーシアは、仲の良い兄妹に思わず笑ってしまったのだった。


　一方で、醜い言い合いを披露する親子もいた。

「この痴れ者が！　育ててやった恩も忘れて、どれだけ私の顔に泥を塗る気だ⁉　失敗するだけならまだしも、私を巻き込むとは！」

　縛り上げられ連行されている途中でもなお、唾を撒き散らして怒鳴るキャタウォール侯爵に対し、娘のナタリーサは鬼の形相で反論した。

「なによ⁉　お父様がいつ私を育ててくれたの？　お父様はいつも私なんて眼中に無かったでしょう⁉　ジョージが生まれる前はお姉様を、ジョージが生まれてからはジョージばっかりを可愛がって。私がこうなったのはお父様のせいよ！」

「なんだと……⁉」

「おい、静かにしろ！」

騎士に怒鳴られても、厄介な親子は黙らなかった。

「だってそうでしょう⁉　お父様が贔屓するから私は捻《ひね》くれて可哀想な子になったのよ！　なにもかもお父様のせいだわ！」

「何が可哀想な子だ！　お前は自分の悪事を全てリリルーシアに押し付けていたそうじゃないか！」

「あら、今さら知ったわけ⁉　お父様こそ、そのことにいつまでも気づかなかったじゃないっ！　ジョージも使用人達も気づいていたのに、お父様だけが知らなかったのよ？　お父様がどれほど私達家族を顧みないで生きてきたか、これで分かったでしょう？　全部お父様が悪いのよっ」

「黙れ、このキズモノが！」

「いい加減にしろ！」

見かねたヘンリーが二人に猿轡《さるぐつわ》を噛ませたことで、耳を塞ぎたくなるような親子同士の言い争いは静かになったものの、その醜い罵り合いを聞かされた騎士たちは、すっかり辟易したのだった。

◇

事件が収束し、王族の元にリリルーシアだけが取り残されると、国王はリリルーシアに向けて意味ありげな視線を向けた。

「して、リリルーシア。他に欲しいものはないか？　君には家族で世話になったからな。先ほど授けた新たな姓と爵位は君の身を守るためのものだ。それとは別に、王室から褒美をやろう。望みがあればなんでも言いなさい」

咳払いをしてそう切り出した国王は、チラチラとジェラルドを見て何かを期待しているようだった。

しかし、リリルーシアはその視線には気づかず、真剣な表情で国王を見た。

「あの、それでしたら。一つだけ、お願いしてもよろしいでしょうか」

「なんだ、なんでも言いなさい」

優しい国王の声に、リリルーシアは深く頭を下げる。

「弟のジョージを、私に引き取らせて欲しいのです」

「キャタウォールの末っ子をか？」

「はい。弟はまだ幼く、父やナタリーサの起こした今回の事件とはなにも関係ありません。どうか、弟にもフラフィテールの姓を名乗らせることをお許しください」

「リリルーシア……」

気丈なリリルーシアを気遣うように、ジェラルドがすぐ隣に立つ。

思っていたのとは違う願い出だったが、国王は神妙に頷くと、穏やかな表情でリリルーシアに告げた。

「ジェラルドの話だと、君の弟は捜査にも積極的に協力してくれたらしいじゃないか。姉に似て聡明で勇敢な子のようだ。そのような人材は王国にとっても宝だからな。是非、彼の教育を頼む」

「ありがとうございます、陛下」

ホッとしたリリルーシアが礼を言うと、国王はリリルーシアの肩に置かれたジェラルドの手をチラリと見て、再び咳払いをした。

「あー、それで……他に何かないのか？」

まだ自分になにかを与えようとする国王にギョッとしたリリルーシアは、慌てて首を横に振った。

「そんな、充分ですわ。これほどお気遣いをいただけて、とても感謝しております。これ以上を望めばバチが当たってしまいます」

困惑するリリルーシアを見た国王は、どうしたものかと息子に目を向ける。その視線を受けた王太子ジェラルドは、首を横に振った。

「父上、リリルーシアも困っていますし、これ以上のお気遣いは無用です」

「……そうか、そうだな。やっと安心できるかと思ったのだが、こういうのは当人同士でどうにかした方がよかろう。我々は吉報を待つとしよう」

リリルーシアにはよく分からなかったが、ブツブツと呟いた国王は何かを納得したように頷くと、漸《ようや》くリリルーシアに退室を許可した。

「リリルーシア、その。帰るんだろう？　家まで送ろう」

国王夫妻とエリザベスに見送られたリリルーシアは、久しぶりに人間の姿で我が家に帰ることになった。

「……」

「……」

馬車でキャタウォールの屋敷まで送ってくれるというジェラルドは、いつもより言葉数が少なく、キリッとした凛々しい表情をしていて、何より大人しかった。

（今までなら、二人でいるとうるさいくらいに私を褒めていたのに。……当然よね。今の私は猫じゃないんだもの）

なんだかんだいってもリリルーシアは、愛猫を溺愛し、デレデレになって残念な言葉を連発するような、そんなジェラルドが恋しくて仕方なかった。

王太子然とした態度と落ち着いた表情で、粛々とリリルーシアをエスコートする、噂に違わぬ冷静沈着な美貌の王太子ぶりを発揮するジェラルド。

そんな今のジェラルドももちろん素敵だが、リリルーシアにとってのジェラルドは、大の甘党で、人格が崩壊するくらい猫が大好きで、愛猫の前だとこれでもかというほど残念になる男なのだ。

そんなジェラルドに、リリルーシアは惹かれてしまっている。

人間に戻った以上、この想いは断ち切るべきではないのかと、リリルーシアは自問し続けていた。

結局あまり会話がないまま、馬車は旧キャタウォール邸に到着してしまう。

リリルーシアが席を立ち、外へ出ようとすると。ジェラルドがその手を掴んで引き留めた。

「リリル。近いうちに、話したいことがある。連絡するから待っていてほしい」

「……」

強い力で手を握られたリリルーシアは、複雑な表情をジェラルドへと向けた。

いつだってリリルーシアを甘く見つめてきた蜂蜜のように輝く金色の瞳が、切実さを帯びてリリルーシアを見ていた。

頷くことも拒否することもできずに立ち尽くすリリルーシア。

絶対にその手を離すものかとでもいうように、ジェラルドの手には強い力と想いがこめられていた。

その手の強さに何かを期待してしまいそうで、リリルーシアはいっそのこと、この手を振り解いてしまいたいとさえ思う。

しかし、それはできなかった。リリルーシアにとってジェラルドの手は、いつも自分を慈しみ、守ってくれた、何よりも愛おしい手なのだ。

「……分かりました」

頷いたリリルーシアを見て息を吐いたジェラルドは、掴んでいた手の力を緩めると、先に馬車を降りてリリルーシアに手を差し出した。

人間になっても変わらないその過保護さに少しだけ微笑んだリリルーシアは、その手を取って自分のものとなった屋敷に降り立った。

「姉上！」

ジェラルドに礼を言おうとしていたリリルーシアは、その声を聞いた途端、全てを忘れて振り向いた。

「ジョージ……！」

リリルーシアに駆け寄ったジョージは、その手を伸ばそうとして躊躇い、手を引っ込めて下を向く。

「申し訳ありませんでした。僕の力では、父上を止められませんでした」

涙を流す弟を、リリルーシアは優しく抱き締めた。

「いいのよ。そんなことよりも、私の方こそあなたに謝りたかったの。帰るのが遅くなってごめんなさい。帰ったら一緒にお茶をしようと言っていたのに。ずっとずっと……とても長い間、待たせてしまったわね」

姉の優しい言葉と待ち侘びた温もりに、ジョージは声を出して泣いた。

「もう大丈夫。私がずっと、あなたの側にいるから」

抱き締め合う姉弟の後ろで、使用人たちもまた、ハンカチで涙を拭っていた。

それを見届けたジェラルドは、家族の邪魔をしないようにそっと馬車に乗り込んだのだった。

こうしてリリルーシアは、フラフィテール伯爵として弟ジョージの後見人になり、キャタウォール家に仕えていた使用人達を丸ごと引き取った。

その後、ナタリーサは王族殺害未遂その他諸々の罪で斬首刑が決まり、爵位と財産を没収された父は、ナタリーサの王女暗殺を幇助《ほうじょ》しようとしたことで同じく処刑が決まった。

王女の寝室に無断侵入し、妻であるナタリーサに刺されたウィリアムは一命を取り留めたが投獄され、終身刑が言い渡される。

こうしてポーパッズ家とキャタウォール家は、完全に没落していくのだった。


牢獄で自分の刑を聞いた父は、初めてリリルーシアに助けを求めていた。

「おい、リリルーシア！　お前に色々と押し付け過ぎていたのは認める。だから私を助けてくれ。私はナタリーサの思惑など知らなかった！　国王や王太子に気に入られているお前なら、私を救えるはずだ！　私はお前の父親だぞ！　なんとかしろ！」

父がどうしても会いたがっていると聞いたリリルーシアは、周囲の反対を押し切りわざわざ地下牢までやってきたのだが、その気持ちも知らずに父は娘を怒鳴りつけた。

「お父様……。ナタリーサが何をしようとしていたのか、本当に知らなかったのですか？」

真っ直ぐな瑠璃色に見つめられて、檻の中の父はリリルーシアを睨みつける。

「ふん。知るか、あんな出来損ないは私の娘じゃない！」

ナタリーサを自分の娘じゃない、と言い張る父の姿。それは、リリルーシアを簡単に切り捨てようとした時と全く変わらない、情の欠片もない父の本性そのものだった。

思えば母が亡くなった時も、この父は悲しむどころか面倒ごとが増えたと愚痴をこぼしていた。これまでこんな男のもとで、家族のためにと頑張ってきたリリルーシアの努力は、いったいなんだったのか。

虚しさを堪えながらも、リリルーシアは父に対峙する。

「いいえ、お父様。ナタリーサはあなたの娘です。私があなたの娘であるのと同じように。あの子もまた、あなたが責任を持つべき娘なのです」

汚れた檻の中で忌々しげに自分を見上げる父に、リリルーシアは臆することなくハッキリと告げた。

「お父様が私に教えてくださったのですよ。課された責任は、必ず果たせと」

「……っ！」

「お父様はこれまでの行動と、そしてこれから受ける罰に責任を取るべきです。それに私をキャタウォール家から除籍し、一方的に縁を切ったのは、お父様ではないですか」

これまで見たことがないような、冷たい目を向けるリリルーシアに、父は体を震わせた。

「ち、父親を見殺しにするのかっ！」

なおも叫ぶ父に、リリルーシアは一度目を閉じてから、再びその瑠璃色を向ける。

「もし牢の中にいるのが私で、お父様が私の立場なら、お父様は私を助けてくださいましたか?」

「っ!」

答えに詰まった父を見て、リリルーシアは悲しい顔を隠して背を向けた。

「それが答えでしょう。お父様は私を見殺しにしたはず。それが私に課された責任だと言って。私は……お父様が教えてくださった責任を果たします」

去って行く娘に、父は言葉を失ったまま、何も言うことができなかった。

「リリル」

「王太子殿下……」

リリルーシアが地下牢から出ると、そこには眉を下げ心配そうな面持ちのジェラルドが彼女を待っていた。

「大丈夫か?」

「はい。殿下は相変わらず心配性ですね。私がここに来ると聞いて、わざわざ出向いてくださったのですか?」

「それは……まあ、そうだが……」

呆れながら問うと、歯切れが悪そうに呟いて、頭を掻くジェラルド。二人の間にはそのまま気まずい沈黙が落ちる。

人間に戻ってからどことなくぎこちないその態度が悲しくて、胸が痛んだリリルーシアは密かに目を伏せる。

咳払いをして気を取り直したジェラルドは、そんなリリルーシアをエスコートするため手を差し出した。

リリルーシアがその手を取ると、安心したように喋り出すジェラルド。

「近々、エリザベスが茶会に招待したいそうだ。どうか来てくれないか？」

朗らかなあの王女に会えば、この憂いも晴れるかもしれない。そう思ったリリルーシアは、ジェラルドに向けて頷いた。

「分かりました。招待状をお待ちしています」

後日、本当にリリルーシアの元に届いた招待状。複雑な思いで封を開けたその招待状には、王女エリザベス直筆の手紙がこっそりと同封されており、その内容はリリルーシアにとって衝撃的なものだった。

終章 ✦ 王太子殿下の最愛様

「よく来たわね、リリルーシア」

「お招きいただきありがとうございます。エリザベス様」

その日リリルーシアは、届いた招待状を手に、王宮に来ていた。

リリルーシアのために設けられた、こじんまりとしたこの茶会の席には、笑顔で出迎える着飾ったエリザベスと、緊張しているようなジェラルドの姿がある。

その前のテーブルの上には、これでもかという程の甘味が並べられていた。恐らく用意したのはヘンリーだろう。

甘党のジェラルドのために甘味を運ぶヘンリーの姿を何度も目撃してきたリリルーシアには、その光景が目に浮かぶようだった。

王太子と王女、そしてリリルーシア。少し離れたところに控えるヘンリー。ごくごく私的な集まりに、リリルーシアは緊張を解いて用意された席に着く。

「あの日のやり直し……ではないけれど、貴女とはゆっくり話したかったの」

「光栄ですわ。私もエリザベス様とこうして再びお茶ができて、本当に嬉しいです」

微笑むリリルーシアを見て、何かを言い出そうとしたジェラルド。

「リリル……」

「そうそう、リリルーシア！　貴女、チョコレートがお好きなんですって？　たくさん用意したから、是非食べて頂戴」

　しかし、兄の声に被せるように、妹のエリザベスが横から声を張り上げる。

　その言葉の通り、リリルーシアの前にはこれでもかとチョコレートの山が運ばれてきた。

「わあ！　ありがとうございます、エリザベス様。猫になっていた間は誰かさんに食べさせてもらえなかったので、とても嬉しいです」

　ジェラルドの方を見もしないリリルーシアは、エリザベスに向けて微笑んだ。

　動揺したようなジェラルドが腰を浮かそうとするも、リリルーシアはエリザベスとの会話に花を咲かせる。

　その後もジェラルドはリリルーシアに向けて何かを言いたそうに口を開き掛けていたのだが。

　その度にエリザベスが二人の間に割り込んできた。

「リリ……」

「ねえ、リリルーシア。貴女、これから伯爵として過ごすのでしょう？　ジョージも養っていかなきゃでしょうし、色々と大変ね」

　エリザベスは意味深な目配せをして、リリルーシアに問い掛けた。それを受けたリリルーシアもまた、エリザベスへ向けて意味ありげな瞬きをする。

「そうなのです。領地の運営はこれまでも父の手伝いをしていたのでなんとかなっていますが、例の呪いのせいで満月の度に月光を浴びると猫になってしまいますもの。このような体では、いい縁談もありません」

　リリルーシアの口から出た縁談という言葉に、ジェラルドがピクリと反応した。

「あら。縁談だなんて。婿でも取るつもりなの？」

　楽しそうなエリザベスが問い掛けると、再びピクピクと反応するジェラルド。

「いえ。私は弟のジョージが成人したら、弟に爵位を譲るつもりです。そうすると嫁ぎ先を今から考えておかないと。エリザベス様。以前お約束した、嫁探しをされている殿方をご紹介いただく話、まだ有効でしょうか？」

　エリザベスは、チラリと横目で兄を見てからニッコリと微笑む。

「勿論よ！　まだまだ相手が見つかりそうにないもの。ちょうど良かったわ」

「待て、紹介とはなんだ？　エリザベス、リリルーシアに男を紹介するつもりか⁉」

　慌てたジェラルドが、焦ったように妹に声を掛ける。

「確かそのお方は、猫好きだと伺いましたわね。他にはどんなものがお好きなのです？」

　しかし、そんなジェラルドを無視してリリルーシアはエリザベスに話の続きを促した。

「そうね。とにかく甘党よ。あと、お忙しい仕事をなさっているわ」

　エリザベスもまた、思わず立ち上がっている兄のことなど眼中にないかのように、笑顔でリリルーシアに答えた。

「私もチョコレートには目がないので甘党な方なら気が合いそうですわ。お仕事のことも、昔から家門の後継教育を受けていましたし、弟に爵位を譲り渡した後なら私もお役に立てるかもしれません」

「ッ……！」

リリルーシアがそう言うと、ジェラルドは面白いくらいにひとりで取り乱し出した。笑いが堪えきれないエリザベスは、釧《セン》の扇子で口元を隠しながら続ける。

「あらあら、ピッタリね。あとはそうね。妹離れできない面も持ち合わせていらっしゃるわね。それから普段は完璧な紳士なのだけれど、猫を前にした時の残念具合が酷い人なの」

リリルーシアの縁談話にアタフタと落ち着かなかったジェラルドは、そこまで聞いてまさかと動きを止めた。

「おい……それって」

「あら。奇遇ですわね。私、誰かさんのお陰でそういうのにはとてもとても慣れておりますの。ですから少しも気になりません。寧ろ、そんなお方なら、月に一度猫になってしまう私をこれでもかと溺愛してくれそうですわね。是非その猫好きで甘党な殿方をご紹介いただきたいですわ」

兄の表情を見て、クスクスと楽しそうに笑うエリザベス。同じく笑いながらも、どこか探るような目でジェラルドを見るリリルーシア。間に挟まり惚けるジェラルドへと、エリザベスは顔ごと視線を向けた。

「ですってよ、お兄様。如何かしら？」

「………はぁ」

両手で顔を覆ったジェラルドは、小さな声で『焦った』と呟くと脱力した。

「まったく。二人揃って俺を弄んで楽しいか？」

「言ったでしょ。私がお兄様の妃候補を探してあげるって。なのにお兄様ったら、遅い初恋を拗らせてせっかく見つけたお相手を逃しそうなんだもの。このままじゃお兄様が求婚する前にリリルーシアが離れて行っちゃうと思って、見ていられなかったのよ」

「なんだって⁉」

妹の言葉に驚いたジェラルドが、脱力した体勢から一気に前のめりになる。そんな兄へとエリザベスは、ことの真相を打ち明けた。

「お兄様、人間姿のリリルーシアが綺麗だからって、ずっと照れていたでしょう？　そのせいでリリルーシアは不安になっていたの。人間に戻ったせいでお兄様から嫌われたかもしれないって」

「は⁉　そんなこと、あるはずがないだろう！」

衝撃の妹の発言に叫び声を上げたジェラルドは、驚愕の瞳を想い人に向けた。

「相変わらず俺はリリル一筋だ！　世界一愛している！」

ジェラルドの金色の瞳を真っ直ぐに向けられたリリルーシアは、唐突な愛の告白に耳の先を赤くして、バツが悪そうに俯いた。

「だから私が事前にその誤解を解いてあげたのよ。お兄様が今日、貴女に求婚するつもりだから揶揄ってあげましょうって」

兄の計画を勝手にその相手に暴露したと、堂々と胸を張るエリザベス。

「でも、リリルーシアが誤解するのも当然よ。だってお兄様、猫の時はあれだけベタベタデレデレしてたのに、リリルーシアが人間に戻った途端、借りてきた猫みたいにクールぶってるんですもの。態度が変われば不安に思うのは当たり前でしょう」

ぷりぷりと怒る妹の話を聞いて、自分の言動を振り返ったジェラルドは、慌ててリリルーシアの手を掴んだ。

「リリル！　すまない、そんなつもりじゃなかったんだ！」

その金色に輝く目は、これでもかというほど切実さを帯びていた。

「あの満月の夜に初めて人間姿のお前を見た時から思っていたが、人間のお前も本当に美しすぎて……月光を浴びて輝く銀髪も、白くて滑らかな肌も、何より綺麗なその瑠璃色の瞳。まるで女神みたいだと思ってたんだ。いや、猫のお前も天使みたいなんだが、ええっと、だから……」

いったい何を言っているのか、この男は。と思いつつも、リリルーシアは、久しぶりに聞くジェラルドの残念で甘い賛辞に、胸をドキドキと高鳴らせていた。

「とにかく、少しでもお前に格好よく思われたくて、どうしたらいいか分からなくなっていたんだと思う。不安にさせてすまない」

頭を下げるジェラルドに、リリルーシアは柔らかな眼差しを向ける。

「勝手に誤解していたのは私なのですから、お気になさらないでください。それに、私の前で猫を被る必要はありません。殿下の残念な部分は、私が誰よりも知っていますから」

周りから見ればリリルーシアの言葉は、特に褒め言葉でもなんでもないのだが。リリルーシアの気持ちが伝わったのか、ジェラルドは嬉しそうに頬を染めた。

「もう決めた。周りに残念だと言われようがなんだろうが、お前が良いと言ってくれるなら気にしない」

そう言い切るとジェラルドは立ち上がり、何度もシミュレーションした通りにリリルーシアの前に跪《ひざまず》いた。

「俺が一生、お前を幸せにする。だからリリルーシア。俺と結婚してくれ」

そう言ってジェラルドが差し出したのは、ジェラルドの瞳と全く同じ色の黄金の指輪……ではなく、黄金の鈴だった。

「お兄様……」

「鈴はダメだとあれほど言ったのに……」

王太子の残念な求婚を目撃した王女とヘンリーは、頭を抱え溜息を吐いた。

しかし、当のリリルーシアは、差し出された鈴を愛おしそうに見つめていた。ジェラルドのこういう残念なところも、可愛らしくて仕方ない。

鈴に手を伸ばしかけたリリルーシアだったが、迷うようにその手を止める。

「私も、殿下と同じ気持ちです。ですが……ジョージが成人するまでは、私はあの子の側にいると決めました。それまで結婚はできません。それでも待っていてくださいますか？」

「当然じゃないか。いくらだって待てるし、元からそのつもりだった。だから今は婚約だけでもしてくれるとありがたいのだが、どうだろうか？」

当たり前のように即答するジェラルド。

その真剣で、少しもぶれるところのない表情と瞳。さらには整った美貌の王太子の顔を間近で見せつけられて、ポッと頬を染めたリリルーシアは、この際だからとずっと心の中にあった不安を打ち明けた。

「……私は、猫ではありません。人間なのです。猫ではない私でもよろしいのですか？」

肉球でもモフモフでもない、その滑らかな指先を包み込んだジェラルドは、何よりも愛おしい瑠璃色を見上げて微笑んだ。

「関係ないと言ったじゃないか。猫だろうと、人間だろうと。俺が愛しているのはリリル、お前だけだ。お前と離れて過ごす日々がどれだけ虚しくつらいことか……誰にも渡したくない。頼むから俺のものになってくれ、世界一美しい俺の女神」

相変わらず残念な王太子。しかし、この男の死ぬほど重い溺愛に毒されてしまったリリルーシアは、この甘い誘惑を断ることなどできなかった。

いつだってジェラルドは、その重くて甘い溺愛で、リリルーシアの不安を吹き飛ばしてくれるのだ。

「殿下の溺愛を受け止められるのは、猫でも人間でも、私くらいなものですわね」

そう言って笑うと、リリルーシアは金色の鈴に手を重ねる。そして猫のように、慣れ親しんだその腕の中に飛び込んだのだった。

「やれやれ。ようやく上手くいってくれたわね。毎日毎日リリルーシア不足で嘆くお兄様を相手にするのは本当に大変だったわ」

「この機を逃したら、もう二度と殿下のお相手は現れないだろうとヒヤヒヤしましたよ」

丸く収まった二人を見て好き勝手に言い出すエリザベスとヘンリー。そんな妹と側近へ、ジェラルドは鋭い目を向ける。

「そういうお前たちはどうなんだ？　デートには行ったのか？」

「お兄様……！」

「殿下っ！」

〝デート〟という言葉に顔を真っ赤にした二人は、それぞれに飛び上がった。

「な、何を言い出すのよっ」

「な、何を言い出すのですかっ」

同時に叫んだ妹と側近に呆れた目を向けるジェラルド。

「お前たちに人の心配をしている暇があるのか？　ヘンリー。俺の結婚のことをとやかく言うのはいいが、お前だって俺と同じ歳で、何よりグルーム家の跡取りじゃないか。お前に縁談が殺到していること、俺が知らないとでも思ってるのか？」

散々ジェラルドの縁談についてアレコレと指図してきた仕返しとでも言うかのように、ジェラルドは特大の爆弾を投下する。

「縁談ですって……？　それは、本当なの、ヘンリー？」

動揺したエリザベスが問うと、ヘンリーは焦ったように首を振った。

「いえっ、違います！　殿下、いい加減なことを言わないでくださいっ！　私がいつそんな話をしました⁉」

主人へと噛み付くヘンリーだが、当のジェラルドは涼しい顔をしていた。

「ふん。確かにお前の口からは何も聞いていないが、お前の父から話を聞いたのは事実だ。早く孫の顔が見たいと言っていたぞ。なのにお前ときたら、心に決めた人がいるからとその縁談を断りまくっているそうじゃないか」

「そ、それは……」

エリザベスを横目で見ながら、何も言い返せないヘンリー。それに対してエリザベスは両手で口を覆い、青い顔で言葉を失っていた。

「ヘンリー、あなた、そんな人が……」

「ご、誤解です！　そうではなくて……私はエリザベス様が」

そこまで言葉にして、ハッと口を覆うヘンリー。エリザベスはどう解釈すればいいのか分からないようで、その丸い金色の瞳を見開いたまま、ただただ愕然としていた。

「これまでひとの恋愛ごとに口うるさく言ってきた仕返しだ。あとは二人で話し合うんだな。俺は俺の愛する婚約者との甘い時間を過ごすのに忙しいから失礼する」

そう言ってジェラルドは、絶句して互いを見るヘンリーとエリザベスをその場に残し、リリルーシアの手を引いた。

もう少し二人の様子を見ていたい気もしたリリルーシアだが、流石に邪魔する気はないので素直にジェラルドに従いその場を後にする。

「あの二人、大丈夫でしょうか？」

「さあな。まあ、なるようになるだろう。それよりもリリル、お前の話をたくさん聞かせてくれ。これまでずっと側にいたのに、俺はあまりにもお前のことを知らないんだ」

そう言われてリリルーシアは、美しい庭園を散策しながらジェラルドと互いについての話をたくさんした。

猫だった時は四六時中一緒にいたのに、言葉を交わすことが叶わなかった。その隙間を埋めるかのように、ジェラルドはリリルーシアのことをなんでも聞きたがった。

「チョコレート以外に好きな食べ物は？」

「普段は何をして過ごしているんだ？」

「好きな色は？」

「好きな宝石は？」

「好きな花は？」

「好きな季節は？」

そのジェラルドの問いに一つずつ答えてやりながら、リリルーシアもまた、改めてジェラルドのことを知っていく。

二人の話が尽きることはなかったが、いつの間にか太陽が先に沈んでしまっていた。

帰りの馬車に乗らなければ、と帰り支度を始めたリリルーシアに、ジェラルドは名残惜しい声を上げる。

「あー、本当は今すぐにでもお前を部屋に連れて帰りたいし、また一緒に暮らしたいのに。帰さなければならないなんて。この世はなんて無慈悲なんだ」

リリルーシアを抱き締めて、すっかり残念具合を隠さなくなったジェラルド。その姿を間近で見せられたリリルーシアは知らず口角が上がってしまう。

と、同時に。その胸には甘さと温かさの中に、どこか切ない気持ちが渦巻いていた。

「満月の夜……」

「ん？」

ポツリと呟いたリリルーシアの声に反応したジェラルドは、金色の瞳を瞬かせて首を傾げた。その眼差しさえもが相変わらず甘い。

「満月の夜だけは少し不安なんです。猫の姿でいるのは無防備で心許ないというか。だから……」

どうせリリルーシアは、猫だった時にこのジェラルドに恥ずかしい姿を散々見られているのだ。今さら虚勢を張る必要なんてない。

開き直って素直になったリリルーシアは、ジェラルドの袖をそっと握って、その瑠璃色の瞳で懇願するようにジェラルドを見上げた。

「だから、満月の夜だけは、一緒に過ごしてくださいませんか」

「！」

目を見開いたジェラルドは、暫くの間口を開けて放心したあと、バッと胸を押さえてしゃがみ込んだ。

「お前は猫でも人間でも、死ぬほど可愛くて困る！　その愛らしさのせいで心臓発作を起こしたらどうしてくれるんだ！」

そんなジェラルドを見てクスクスと笑ったリリルーシアは、つい先日まで遠く感じていたジェラルドとの距離が、猫の時と全く変わっていないことに気付いて嬉しくなる。

「殿下が悪いんですよ、猫だった私をあんなに甘やかして。あなたの愛なしじゃ、私はもう生きられそうにありません」

猫の口では決して告げることのできなかった想いを、言葉にして伝えるリリルーシア。

「私だって、殿下を愛しているのです」

「リリル……」

宝玉のように光り輝くリリルーシアの瑠璃色の瞳に真っ向から射抜かれて、ジェラルドは息を忘れるほどにその胸を打たれてしまった。

ドキドキと高鳴る鼓動が二人の間に響く。

目を伏せたジェラルドは、何よりも慕わしい目の前の存在を抱き寄せ、その頰に手を添わせた。

「俺のリリル。お前は世界一可愛くて美しい天使で女神で……そして、俺の最愛そのものだ」

猫であった時に何度も受け止めたその唇が近付いてきて、リリルーシアはそっと目を閉じたのだった。

番外編　幼い日の出会い

Noroi de NEKO
ni Sareta AKUJO
OUTAISHI
ni Hirowareru

「いいか、リリルーシア。お前をここに連れてきたのは、お前がキャタウォール家の跡取りだからだ。絶対に問題を起こすことなく、大人しくしているんだぞ」

面倒くさそうに自分を見下ろす父を見上げ、幼いリリルーシアは子供ながらに父の言いつけを守ろうと心に誓った。

「はい、お父さま」

その日リリルーシアが父に連れてこられたのは、幼い王女の誕生日パーティーだった。

王女の希望で貴族の子息令嬢たちが集められることとなったこのパーティーで、リリルーシアは初めて王宮に足を踏み入れた。

煌びやかなその雰囲気に緊張しながらも、リリルーシアは初めて見る王宮の荘厳《そうごん》さに目を輝かせていた。

「話をするなら王子と王女、もしくはポーパッズ家の子息だけにしろ。お前はキャタウォール家の跡取りなのだ。くだらない格下の貴族に媚びる必要はない」

「……はい、お父さま」

周囲の和やかな空気など気にも留めず。幼い娘に歩調を合わせることなど考えもしないキャタウォール侯爵は、キビキビと歩きながらリリルーシアにそう言い聞かせた。

小走りで父の後を必死に追いながら、リリルーシアは少しだけ、仲が良さそうにお喋りして笑い合っている周囲の令嬢たちが羨ましくなる。

しかし、そんなことをチラリとでも口に出せば父に叱責されてしまうので、リリルーシアは父の言いつけ通り、令嬢たちの輪の中には入らなかった。

大人たちが大人同士で社交の場を楽しむ中、子供たちは専用に設けられた会場に集められる。大人の社交場とは違い、無秩序な子供たちのパーティー会場では、高位の王子や王女がどこにいるのかよく分からなかった。

話すべき相手も分からないリリルーシアは、同じ年頃の子息令嬢がたくさんいるその会場の中で、誰に話し掛けることもできずにポツリと立っていた。

遠巻きにリリルーシアの方を見て、話し掛けようとしてくれた令嬢たちもいたが、父の言いつけを守るリリルーシアは、そんな令嬢たちから距離を置く。

結果として壁際で立ち尽くすことになったリリルーシアはポツリと呟いた。

「……ナタリーサがいたら、よろこんだのに」

賑やかな雰囲気と、テーブルに並べられた色とりどりの料理の数々。リリルーシアにとってはあまり得意な場ではないが、妹のナタリーサはこういった華々しい場所が大好きだ。

しかし、ナタリーサがここに来ることは許されなかった。

当然ナタリーサ本人は来たがっていたのだが、跡取りであるリリルーシアがいれば充分だと父はナタリーサの参加を禁止したのだ。

少々落ち着きのないナタリーサが王宮で面倒を起こすことを危惧してのことだったが、確かにナタリーサであれば、今頃はしゃいでテーブルの一つでもひっくり返していそうだ、とリリルーシアは想像しながらクスッと笑った。

「おい、そこのお前！　金髪のかわいい女の子を見なかったか？」

一人で大人しく立っていたリリルーシアに、突然声が掛けられる。

驚いて振り向いたリリルーシアの前には、傲慢そうな男の子が立っていた。

「見てないわ」

首を横に振ったリリルーシアに、男の子はチッと舌打ちをする。

その時リリルーシアは、彼の肩越しに金髪の少女が怯えてこっちの様子を窺っているのが見えた。小柄で自分よりも年下の女の子は、何度も首を横に振っている。

「あ！　あっち、あっちにいたかも」

少女がいるのとは別の方向を指差したリリルーシアに、男の子は再度舌打ちすると、何も言わずに駆け出して行った。

目が合った少女が微笑んでリリルーシアに手を振る。少しだけ嬉しくなって手を振り返したリリルーシアだったが、父の言葉を思い出してその場を後にした。

行き場もなく歩くリリルーシアは、あちこちから聞こえる子供たちの話し声を耳にしながら会場を横切る。

「王子さまはなんでいないの？」

「おいそがしいんだって」

「いいからケーキを食べにいこう！」

結局、今度は窓際までやってきたリリルーシア。歩き回って疲れたこともあり、ドレスの裾をモジモジと握りながら窓の外を見る。

その時だった。

「あら？」

整えられた王宮の庭園に、白い影がよぎった気がした。

よく見ると真っ白な猫が、とことこと庭園を横切っていく。ピンと立てた尻尾をゆらゆらと揺らし、広くて美しい王宮の庭を我が物顔で。

華やかなパーティーの中でひとり、つまらない想いをしていたリリルーシアは、ふと会場の方を振り向いた。

賑やかな子息令嬢たちは、誰もリリルーシアのことなど見ていない。リリルーシアがいなくなったとしても、探しにくる者はいないだろう。

（見つからなければ大丈夫よね……？）

問題を起こすな、大人しくしていろ、という父の言いつけを思い出したリリルーシアは一瞬だけ躊躇したものの、どうしても好奇心に勝てず、開けられていた窓から外に出て、王宮の庭を横切る白猫の後を追った。

不思議なことに、白猫はリリルーシアを待っていたかのようだった。草陰でのんびりと自分を待つ白猫に驚いて目を瞠る。

その白猫はまるで、『ついてきて』とでも言うかのように、リリルーシアを振り返っては、とてとてと歩いて行く。

楽しくなって夢中で白猫を追いかけたリリルーシア。気付けば庭園の奥の、茂みに隠れた場所まで来てしまっていた。

「にゃ」

ここが目的地だったのか、白猫は腰を下ろすとリリルーシアに向けて短く鳴いた。

冒険はここで終わりかと、立ち止まるリリルーシア。すると、突然横から声を掛けられる。

「ここで何してるんだ？」

「だ、だれ？」

驚いたリリルーシアが問えば、同じく驚いた声が返ってきた。

「そっちこそ、だれだ？」

目が合ったのは、庭園のベンチで寝転んでいた黒髪の少年だった。金色に輝く瞳が印象的な、とても美しい少年。

声を掛けてきたのが自分と同じ年頃の男の子だと分かって、リリルーシアは戸惑いながらもホッとした。

恐い大人や父に見つかるよりも、同じ子供の方がずっとマシだと思ったのだ。

名乗ろうとしたリリルーシアは、父の言葉を思い出した。大人しくしていろと言われたのに、抜け出したことを知られたら絶対に怒られる。

「それ……ネコか？」

リリルーシアが名前を言い淀んでいると、見かねた少年は、リリルーシアの足元にいる白猫を見て話題を変えた。

「そうよ。パーティー会場から、この子が歩いていくのが見えて、ついてきたの」

ネコを見つけたのは自分だと、自慢げに告げるリリルーシア。それに対して少年は、不思議そうに首を傾げていた。

「ふぅん。どこのネコだろう？」

「しらないわ。王宮のネコじゃないの？」

同じように首を傾げるリリルーシアに、少年はキッパリと首を横に振った。

「王宮で飼っているネコはいない」

「あら。でも、首輪をしているわよ。だれかのネコだとは思うけど……」

リリルーシアの小さな指が、猫の首輪に向けられる。猫の瞳と同じ深い青色の首輪には、黄金に輝く鈴が着けられていた。

自分を見下ろす二つの幼い視線に気づいているのか、白猫はくるりと身を翻すと、見せつけるように横になり、ぐてんと腹を見せた。

「……か、かわいいな」

そのあまりの愛らしさに目を見開いた少年が、上擦った声を出す。

「本当ね。とってもかわいい！」

それに対してリリルーシアは、素直に興奮した声を上げた。

そんな二人の様子を興味深げに見上げていた白猫は、今度はそのピンク色の肉球を伸ばしてリリルーシアの手を突く。

「わあ……！　すっごくプニプニしてる！　ほら、あなたも触らせてもらったら？」

「……！」

リリルーシアに促された少年は、恐る恐る白猫の肉球に触れた。そしてその形容し難い柔らかくてプニプニで気持ちの良い感触に、ただただ感動していた。

「これが……にくきゅう……」

その後も白猫は、二人に愛嬌を振り撒くようにザラザラの舌でペロリと手を舐めてみたり、ゴロゴロと喉を鳴らして体を擦り付けたりしてきた。

「ネコって、こんなに人になつくのか？」

驚きながらも、白猫の愛らしさに丸い頬を染め、熱心に夢中で猫を撫でる少年。

「うーん？　ネコによるんじゃないかしら。おじ様のところで飼っているネコは、あんまり寄ってこないもの」

少年のあまりの熱心さに、猫を撫でるのを譲ってあげながら。リリルーシアは、伯父の家にいる三毛猫を思い浮かべて答えた。

「かわいい。かわいすぎる。こんなにかわいいもの、はじめて見た。このネコ、飼っちゃダメかな？」

膝の上に乗ってきた白猫を見下ろして、すっかり骨抜きになった少年がリリルーシアに問いかける。

「飼い主がいるみたいだから、ダメじゃない？」

少年の隣に座って猫を撫でてあげながら、リリルーシアは冷静に返事をした。

「そっか。……ネコって、どうしたら飼えると思う？」

よほど猫が気に入ったのか、真剣な表情で思い詰める少年に面喰らいながらも、リリルーシアは彼のためにたくさん考えた。

「分からないけれど……あなたのお父さまに頼んでみたら？」

しかしリリルーシアの小さな頭では、そう答えるのがやっとだった。

「そうだな。父上に。うん、頼んでみる」

何度も頷いた少年は、微笑みながらリリルーシアに何かを差し出した。

「これ、あげる」

少年が差し出した小さな包みを、リリルーシアは素直に受け取った。

「これはなに？」

「チョコレートだ。とびきり甘くておいしいんだ。今まで知らなかったけど、ネコがこんなにかわいいって教えてくれたお礼」

ほくほくとした顔で満足そうにそう言いながら、再び猫を撫でる少年。リリルーシアは困ったように手の中のチョコレートを見ながら、少年に問い掛けた。

「ありがとう。でも、チョコレートって食べるの初めてなの。これって虫歯になったり、太ったり、病気になったりしないの？」

父である侯爵からお菓子を禁じられているリリルーシアは、チョコレートなんて甘いものを食べたことがなかったのだ。

リリルーシアの問いに驚いた少年は、その金色の瞳がこぼれ落ちそうなほどに目を見開いた。

「なにを言ってるんだ。チョコレートは毒じゃない！　チョコレートを食べられない人生なんて、味気なくて死んだもどうぜんだろう！」

「そ、そんなに？」

少年の剣幕に驚いたリリルーシアは、手の中の包みを開けて匂いを嗅いでみる。

甘くて魅力的な香りに、リリルーシアの喉がゴクリと鳴った。

「いいから食べてみてよ」

優しい声で少年に促され、リリルーシアはツヤツヤとした茶色い塊を、目を閉じて口の中に放り込んだ。

舌先に溶ける甘い味。ふわりと香る、独特で魅惑的な香り。

「おいしい……！　なにこれ！」

想像以上の美味しさに、リリルーシアは柔らかい頰を真っ赤に染めた。

と、その時。それまで大人しくしていた白猫が、なにかを見つけたかのように急に飛び出して、茂みの中に消えて行った。

「あ……」

追いかける余裕もないほど素早い猫の動きに呆気に取られた二人は、急に現実に引き戻された。

「……私、そろそろ戻らないと」

「ボクもそろそろ行かないと。ヘンリーに見つかってしまう」

リリルーシアも少年も、互いに別れの時が来たことが分かり、寂しい気持ちで互いを見た。

「ねえ……次に会ったときは、名前をおしえてくれる？」

おずおずと問い掛けた少年に、リリルーシアは微笑んで手を差し出した。

「ええ、いいわ。また会えたら、その時は先に、あなたの名前をおしえてね」

約束の代わりの握手をして、二人は手を振ってその場を後にした。


しかしその後、リリルーシアは弟のジョージが生まれたことにより、キャタウォール家の跡取りではなくなり、王宮に出向く機会はすっかり失われてしまった。

幼い二人がいつまでも名も知らぬ相手との約束を覚えていられることはなく、それぞれに与えられた立場の中、キラキラしていた思い出は、いつの間にか記憶の彼方に隠れてしまうのだった。

◆

「なんだかこの庭園、見覚えがある気がします」

その日、婚約者である王太子に呼び出されて王宮を訪れていたリリルーシア・フラフィテール伯爵は、王太子に連れられてやってきた庭園を見て不思議そうに呟いた。

「本当か？　ここには滅多に人が来ないんだが……」

愛する婚約者の言葉を聞いた王太子ジェラルドもまた、不思議そうに首を傾げる。

「……そうですわよね。私は今まで王宮とはほとんど無縁でしたもの、気のせいかもしれません。だけど、本当に素敵な場所ですわね」

その場所が気に入ったらしいリリルーシアは、ジェラルドへ向けて微笑んだ。

「そうだろう？　ここは幼い頃によく来た場所なんだ。煩わしいパーティーから逃げたりしてね。このベンチによく寝転んでたな」

懐かしそうにベンチに座ったジェラルドは、リリルーシアの手を引いて隣に促した。

素直に腰を下ろしたリリルーシアは、改めて婚約者となった王太子を見る。

「それで。お話ってなんですの？」

問いかけたリリルーシアに、咳ばらいをしたジェラルドは何かを差し出した。

「これを、受け取ってくれないか」

ジェラルドが差し出した小さな箱を、リリルーシアは素直に受け取った。

「これはなんですか？」

「その……、エリザベスやヘンリーだけでなく、父上や母上からも、鈴だけなんてあり得ないと言われてしまって……もちろん、最初から用意するつもりではあったんだ。だけど、どうせならお前の好みを聞いてからと思って……」

　ごにょごにょと言い訳をするジェラルドが可笑しくて、リリルーシアは小箱の中の指輪を見つめながら笑ってしまった。

「だからあんなに私の好みをしつこく聞いてきたんですね。ありがとうございます、殿下」

　リリルーシア好みの小ぶりなダイヤモンドが埋め込まれたその指輪には、リリーベルの模様があしらわれていた。

「……なあ、リリル。そろそろ俺のことを、名前で呼んでくれてもいいんじゃないか？」

指輪も渡したことだしと、ずっと不満に思っていたことを、口を尖らせて言い募るジェラルド。そんな婚約者へと、リリルーシアは意地悪な笑みを向けた。

「あら。私は伯爵で、あなた様は王太子殿下ですもの。そう気軽にお名前など呼べませんわ」

「いや、だからって、婚約者だろう？」

眉を下げて引き下がるジェラルドが可愛くて、リリルーシアはさらに意地悪をしてみたくなる。

「それに私、殿下から正式にご挨拶をいただいたことが一度もございません。お名前を伺っていないお方のお名前をお呼びするのは失礼でしょう？」

　クスクスと笑うリリルーシアを見て、とても敵う気がしないと思ったジェラルドは、何よりも愛おしい存在の前に跪き、手を差し出して大仰に頭を下げると、自分の名を告げたのだった。

本書に対するご意見、ご感想をお寄せください。

あて先

〒162-8540 東京都新宿区東五軒町3-28
双葉社　Mノベルスｆ編集部
「sasasa先生」係／「しんいし智歩先生」係
もしくは monster@futabasha.co.jp まで

Mf ノベルス

呪《のろ》いで猫《ねこ》にされた悪女《あくじょ》、王太子《おうたいし》に拾《ひろ》われる。

2023年 9 月11日　第 1 刷発行

著　者　sasasa《ささき》

発行者　島野浩二

発行所　株式会社双葉社
〒162-8540　東京都新宿区東五軒町 3 番 28 号
［電話］03-5261-4818（営業）　03-5261-4851（編集）
http://www.futabasha.co.jp/（双葉社の書籍・コミック・ムックが買えます）

印刷・製本所　三晃印刷株式会社

［電話］03-5261-4822（製作部）
ISBN 978-4-575-24668-1 C0093